Amanda Sthers
Der Gesang der Zikaden

Amanda Sthers

Der Gesang der Zikaden

ROMAN

Aus dem Französischen
von Karin Ehrhardt

Sammlung Luchterhand

Für Orianne und Briag

Ernst. Tief. Wohlklingend. Sinnlich. Eine Morgenstimme, die nach heißem Kaffee klang. Eine Männerstimme. Schon beim ersten Mal war es nicht nur eine Stimme. Schon am Telefon war Madeleine nicht ganz bei sich. Er wollte in die Bretagne, seine Frau nicht. Seine Frau meinte, er folge noch immer dem Sarg, meinte, er dürfe trauern, aber die Tatsache, dass sein Vater in Quimper begraben sei, verpflichte sie nicht dazu, ihre Ferien im Dauerregen zu verbringen. Sein Therapeut meinte, so sei es eben, er müsse bis ans Ende gehen.

Und sie? Was meinte sie?

»Was meinen Sie dazu?«, hatte er sie gefragt.

Madeleine, Immobilienmaklerin bei Kerguikou View, hatte geantwortet, sie könne ihm einige Objekte zeigen.

»Morgen?«

Ja, morgen ginge es.

Madeleine, die in diesem Beruf seit fast zwölf Jahren arbeitete, hatte das nötige Kleingeld herausgehört und die Lust, es auszugeben. Sie würde ihm drei Häuser zeigen, vier, wenn es ihr gelänge, die Besitzer zu erreichen.

Treffpunkt am Flughafen in Brest. Morgen früh.

Wie würden sie einander erkennen?

»Einen Immobilienmakler erkennt man von weitem«, sagte er, »das ist so, als würde man einen Dummen finden wollen, den man über den Tisch ziehen kann, nur anders herum.«

»Das habe ich jetzt nicht ganz verstanden, aber ich werde da sein, Herr …?«

»Castellot. Wie das altertümliche Kastell, nur in klein.«

»Ich heiße Madeleine.«

Zu Abend isst Madeleine allein, wie an allen anderen Abenden. Sie tut reichlich Butter an ihr Essen, dann setzt sie sich vor den Fernseher. Sie lebt allein, hat sich aber noch nie mitten auf das Sofa gesetzt. Immer der Hoffnung Raum geben, ein männlicher Hintern könne sich neben ihrem niederlassen. Sie war zu allem bereit: die Kontrolle über die Fernbedienung abzugeben, seine Unterwäsche in Ordnung zu halten, Sachen auszubessern.

Niemand hat es je von ihr verlangt.

Sie sieht sich eine Musiksendung an. Sie bewegt den Kopf wie ein Wackeldackel auf der Hutablage eines Autos. Es gibt eine Asymmetrie zwischen ihren Augenfältchen und den Falten um den Mund herum, zwischen den Tränen, die geflossen sind, und dem, was sie dazu gesagt hat. Eine Asymmetrie zwischen ihrem Leben und ihren Gefühlen. Alles angeschlagen, alles stockend, alles quälend. Alles voller undefinierbarer tränenloser Kümmernisse. Und mitten im Schädel sitzt ein Schmerz. Der sie nie loslässt. Nie. Eine Verletzung, die immer noch schmerzt. Die bis zu den Füßen ausstrahlt.

Madeleines Mutter war ein Mädchen aus dem Süden. Ihr Mann, der sich nicht für sie interessierte, hatte hochprozentiges bretonisches Blut in seinen Adern und Augen blaugrau wie ein Sturm über Ouessant, Augen, die er Madeleine mitgegeben hatte. Er hatte ihr auch einige Spuren von Schlägen im gleichen Farbton mitgegeben, die immer noch schmerzten, dreißig Jahre später. Einmal, am Tag nach einer gewaltigen Dresche und noch nüchtern, hatte er seine Tochter nach Le Conquet zum Mittagessen eingeladen. Gegenüber dem Andenkenladen ihres Großvaters. Er hatte seine gute blaue Hose angezogen. Wusste nicht so recht, was er sagen sollte. Sie haben zwei Buchweizen-Crêpes bestellt, mit Spiegeleiern. Zur Feier des Tages.

Sie aßen. Man hörte die Kleine kauen.

Er hatte sie gern, seine Kleine. Er schlug sie, aber hatte sie gern.

»Gefällt es dir in der Schule, Mado?«

Die Schule. Sie ging hin, wie man aus dem Bauch seiner Mutter kommt. Vom Leben getrieben. Mit dem Kopf zuerst, und fertig. Man hat einfach keine Wahl.

»Habe ich denn eine Wahl?«, hatte Madeleine gefragt. Sie war fast acht.

»Willst du denn so enden wie ich?«

Nein, sie wollte nicht auf der Werft arbeiten, Boote bauen oder reinigen und sie anschließend wegsegeln sehen. Nach Fisch stinken und sich keinen leisten können. Sie wollte auch nicht so werden wie ihre Mutter. Bügeln, in die Kirche gehen. Glauben. Zuschauen. Immer nur zuschauen.

Heute Abend läuft eine Varietéshow. Mit Sängern von gestern. Damit fühlt sich Madeleine am wohlsten. Sie mag keine neuen Gesichter. Keine neuen Stimmen. An die Stimme ihres Vaters kann sie sich gut erinnern, besser als an sein Gesicht.

Mit ihren acht Jahren war sie an jenem Tag richtig hübsch gewesen. In dem Restaurant in Le Conquet wurde sie von asiatischen Touristen fotografiert. Sie war »typisch«.

»Mama hat gesagt, dass sie gern bei Opa in der Provence leben würde.«

»Dann soll sie doch gehen. Mir ist es da zu heiß. Und Boote gibt es da auch nicht. Was soll ich denn da unten machen?«

Madeleine dachte, statt Cidre würdest du Pastis trinken, und wir hätten es schön warm.

»Weißt du, Mado«, hatte ihr Vater gesagt, der schon jetzt, obwohl das Essen noch lange nicht vorbei war, stark nach Rotwein roch, »weißt du, die Zikaden …«, und dann machte er lange ihr Zirpen nach, »tss tss … tss tss …«, sein Mund war direkt vor Madeleines Nase, so dass sie vom Atem ihres Vaters fast einen Schwips bekam.

»Die Zikaden, Mado, sie zirpen, wenn sie sterben. Das ist ihr Todesgesang. Tss tss ... Stell dir nur die vielen Tss tss vor ... Die vielen kleinen toten Viecher. Und da willst du hin? In die Provence? Auf diesen Insektenfriedhof?«

Und er hatte sich schlapp gelacht, und lachte immer noch, als die Crêpes mit Zucker und Butter kamen. Später durfte sich Madeleine im Andenkenladen ihres Großvaters ein Bilboquet-Spiel aussuchen. Und alles, was sie hörte, war das Geräusch der sterbenden Zikaden, sie kriegte es einfach nicht aus ihrem Kopf heraus. Tss tss ... Ihr Vater starb einige Tage danach, ohne einen Laut, an Leberzirrhose.

Zu ihren späteren Erinnerungen gehört ihr Zimmer in Opas Haus und das quälende Geräusch der Zikaden, das ihr sagte, dass ihr Vater am anderen Ende Frankreichs vor sich hin moderte und dass auch sie eines Tages an die Reihe käme. Ihr Zimmer ist sonnendurchflutet. Madeleine fühlt sich schuldig, weil sie froh darüber ist. Sie darf in der Sonne sein, weil ihr Vater tot ist. Sie fühlt sich schlecht, wenn sie ein Kleid überzieht, wenn eine Sommersprosse auf ihrer Wange auftaucht. Die ganze Zeit schuldig. Und traurig, ihren Vater in der Landschaft nicht entdecken zu können. Nicht einmal im Spiegel. Außer seinen Augen hat Madeleine alles von ihrer Mutter. Die blonden Haare, die sie sich dauerwellen lässt. Den großen Busen, die schmale Taille und die breiten Hüften. Auch die vielen provinziellen Ausdrücke: »das Mäntelchen«, »das Pullöverchen«, »hier, zieh dir dein Jäckchen über, du wirst dich sonst noch erkälten«. Alles ist klein. Madeleine fühlt sich eingeengt, obwohl sie ihren Körper zu groß findet. Mit achtzehn fühlt sie sich nicht wohl in ihrer Haut. Zu viel Fleisch, zu viel Busen. Gehört das alles ihr? Diese Brüste mit den aufgerichteten Nippeln? Ist das wirklich sie, die diesen Jungen in sich hineinlässt? Es ist Abend, sie ist keine sechzehn. Nachdem er in Madeleine gekommen ist, erbricht er sich, und die zirpenden Zikaden lachen sich darüber kaputt. Zwei Jahre später kehrt Madeleine in die Bretagne zurück. Sie verschmilzt mit der Landschaft. Sie findet einen Job. Ist nicht mehr zu sehen. Sie vergisst sich. Sie bringt einen festen Rhythmus in ihr Leben, und es tut ihr gut. Gott, tut das gut. Wie bei einem Baby, das man in der Wiege schaukelt. Sie muss sich nicht mehr schämen, ihren Vater verlassen zu haben. Sie fühlt sich jetzt wohler, in ihren warmen Sachen und unter dem Regenhut versteckt. In der Bretagne sind alle Leute schnell unterwegs, »strammen Schrittes«, wie die Bretonen sagen. Hier in Brest kann Madeleine das Meer hören. Sie kann es von ihrem Zimmer aus sehen, wenn sie sich in ihrem Bett ausstreckt. Sie sieht ein Stück davon unter ihrer Bettdecke. Es hat noch mehr Kommen und Gehen in Madeleine gegeben. In ihrem Schoß, in ihrem Herzen. Nichts und niemand ist geblieben, nicht einmal ein Kind. Woran erinnert sie sich noch? Es ist, als hätte ihr späteres Leben so viel Platz eingenommen, dass alles andere weichen musste. Sie hat keine weiteren besonderen Kennzeichen, es gibt keine Anekdoten. Sie weiß, wer sie ist, woher sie kommt, aber sie weiß nicht, wie es weitergehen soll. Madeleine hat panische Angst vor dem Tod. Der eingetretene oder eventuelle eines anderen macht sie traurig, aber der eigene macht es ihr fast unmöglich, ihr Leben mit Inhalt zu füllen.

Essen hat sofortige Wirkung auf Madeleine, das gefällt ihr. Essen beruhigt sie, zur Toilette gehen auch. Alles, was ihr zeigt, dass ihr Körper funktioniert, findet sie ganz wunderbar. Sex hat ihr auch immer gefallen, aber die Liebe macht ihr Angst. Sie hatte nur selten die Gelegenheit gehabt, sich darüber Gedanken zu machen, denn die Männer beschränken sich meistens darauf, den Eingang zu Madeleine zu finden und unmittelbar darauf den Wohnungsausgang, aber instinktiv hat sie der Liebe noch nie getraut. Also lässt sich Madeleine auf kurze Affären mit Männern ein, die unzuverlässig, verheiratet, betrunken oder alles auf einmal sind. Liebe in Fernsehserien allerdings, das ist etwas anderes. Sie empfindet sehr viel für einen gewissen Brandon Bradley, den Hauptdarsteller von *Schicksalhafte Begegnungen*. Er ist immer pünktlich zur Stelle, außer bei Sondersendungen, er ist immer schön und hat immer die gleiche sanfte Synchronstimme. Brandon Bradley ist treu wie Gold, so wie Madeleine. In ihren Träumen läuft mit Brandon alles bestens. Sie reisen gemeinsam durch wundervolle Landschaften. Sie trägt Cocktailkleider, sie lachen, man vernimmt den entzückenden Klang der aneinanderstoßenden Champagnergläser. Der Champagner, der hinter der Mattscheibe fließt, löst in seinem tröstlichen Schaum Madeleines Vergangenheit auf. Als Madeleine noch ein Kind war, hat sie gelernt, sich lieber nicht zu erinnern, statt später vergessen zu müssen. Sich nicht an die Zähne des Hundes erinnern. Sich nicht an die Lehrerin erinnern. Sich nicht an die hohen Wellen erinnern. Sich nicht an das Salzwasser erinnern, das an ihren Füßen leckte und in ihren Schürfwunden brannte. Sich nicht erinnern.

Castellot wird das alles umstoßen. Und das, was er tun wird, wird ihr gestatten, sich zu erinnern. Sogar an die unschönen Momente. Morgen wird sie anfangen müssen zu leben. Noch fühlt sie sich wohl, tiefgefroren in ihrer Bretagne, unangreifbar für Gefühle, bekannte Gesichter um sich herum, von denen ihr keine Gefahr droht. Aber siehe da, Castellot kommt näher. Gerade packt er seinen Handkoffer für die morgige Reise. Im Flugzeug wird er noch einige Unterlagen durchsehen müssen. Seine Frau ist schon unter die weiche Bettdecke ihres großen Bettes geglitten. Sie liegt am äußersten Rand, dort, wo sich ihre Körper auf keinen Fall zufällig berühren können. Und dennoch riecht sie gut, trägt ein kurzes Nachthemd, tut so als ob. Sollte er Lust haben, würde sie für ihn simulieren. Sie ist eine gute Ehefrau. Eine gute Mutter. Sie haben zwei Kinder, die schon groß sind und die ihnen entgleiten. Castellot fällt es schwer, eine Beziehung zu ihnen aufzubauen, nicht nur zu ihnen. Er ist freundlich, aber zurückhaltend, er hat Angst vor allem. Wenn man ihn so anschaut, würde es keiner glauben, aber er ist ein Mensch, der leidet. Castellot prüft nach, ob seine Flugtickets dort sind, wo sie hingehören. Das beruhigt ihn. Es erspart ihm, daran zu denken, dass er seinen Vater in den letzten zwei Jahren nicht ein einziges Mal besucht hat. Dass er gewartet hat, bis er starb, bevor er ins Flugzeug stieg. Und jetzt will er auf einmal ein Haus in der Bretagne kaufen. Seine Frau macht sich über seine Schuldgefühle lustig, sie rät ihm zur Therapie. Das sei billiger als ein Haus, in das er nie einen Fuß setzen würde. Castellot ist unschlüssig. Etwas erinnert ihn daran, dass er dorthin muss. Sein Hals ist zusammengeschnürt. Er hat Sodbrennen. Er versucht es zu ignorieren, indem er seinen Reisepass überprüft. Und die Hosenfalte. Er wirft einen letzten Blick auf die Unterlagen. Er putzt seine Zähne zum zweiten Mal. Im Spiegel erkennt er seinen Vater wieder. Diesen Vater, den er als Kind so sehr bewunderte, als sie einen Segeltörn um die Landspitze von Le Conquet machten. Er rasiert sich gründlich. Aber nie, niemals weint er.

Madeleine lebt in einem Haus hoch und schmal wie eine Zigarette. Es hat drei Etagen. Das Wohnzimmer und die Küche sind unten, eine Etage höher ist das Zimmer ihrer verstorbenen Großmutter, das sie unverändert ließ, und ganz oben ihr eigenes Zimmer mit einem kleinen Bad.

Madeleine schläft ein, bis oben hin eingemummelt. Das Haus ist alt und feucht und riecht vage nach Pisse. Die Laken fühlen sich immer feucht an. Die Betttücher in der Bretagne weinen.

Im Zimmer der Großmutter liegen noch immer deren Pantoffeln und das große beige Schultertuch. Über ihrem Bett hängt ein ans Kreuz genagelter Christus mit dünnen Beinen. Die Tapete ist fleckig. Auf der Kommode steht eine runde Blechdose, mit Fotos und Briefen drin. Madeleine hat sich nie getraut sie zu sichten, aus Angst, sie könnte etwas entdecken, das ihr Herz berührt. Sie streicht mit den Fingerspitzen über die Dose, nimmt das eingerahmte Foto ihres Großvaters in die Hand, betrachtet es lange, dann geht sie hinaus, und das Zimmer bleibt, wie es war.

Madeleine sieht sich oft den Christus an der Wand an. Sie findet es schade, dass ein Tuch seine Lenden bedeckt. Er ist der einzige Mann im Haus. Sie stellt sich Fragen über ihn, Fragen, die sie nie einem Geistlichen stellen würde, denn sie hat das Gefühl, dass sie etwas Schlimmes aufdecken könnte, etwas viel Ernsteres als das Lendentuch. Sollte die Jungfrau Maria jemals eine echte Jungfrau gewesen sein, würde das bedeuten, dass sie von ihrem eigenen Sohn entjungfert wurde.

Das findet Madeleine faszinierend. Ohne es zu wissen, reduziert sie die christliche Religion auf die Verehrung eines vollendeten Ödipus. Madeleine versteht nicht viel von Psychoanalyse. Sie liest auch nicht viel. Als sie noch ein Kind war, mochte sie es ganz gern, aber bei ihr zu Hause, in ihrem Alltag, gab es keine Bücher. Lesen gehörte nicht zu den Dingen, die man so machte. Es war unnütz.

Es ist still. Der Fernseher ist aus. Madeleine lauscht oft auf den Klang ihrer eigenen Schritte, ihres Atems, lauscht, wenn sie Wasser lässt, die Spülung betätigt. Das Geräusch, das die Zahnbürste macht, wenn sie die Zahnpasta auf ihren Zähnen aufschäumt. Die Wattestäbchen in ihren Ohren. Sie hört sich leben.

An diesem Abend geht Madeleine früh zu Bett. Sie zieht das Laken hoch und faltet es auf. Sie liegt rechts in dem großen Bett, das Kissen neben ihrem ist neu und weich. Sie streicht über den Bezug, glättet ihn ordentlich. Sie holt die Haare hinter den Ohren hervor. Die Zeit schmilzt, die Gewohnheiten und die Nicht-Ereignisse haben sie besiegt. Sie vergeht nur, um den grundlegenden Verrichtungen Rhythmus zu geben. Die Mahlzeiten. Das Zubettgehen. Aber für Madeleine, die auf nichts wartet, vergeht sie nicht wirklich, die Zeit hat sie schon fast vergessen. Schon zu Lebzeiten tot, unter ihren Laken begraben.

Madeleine trägt einen schwarzen Rock, der ihre üppigen Kurven zur Geltung bringt, und einen Mohairpullover. Es ist zehn nach neun. Das erste Flugzeug des Tages ist soeben auf dem Flughafen Brest-Guipavas gelandet. Aus Paris kommend. Es ist nur halb besetzt. Madeleine wartet vor den automatischen Türen, die sich wie Hackbeile öffnen und wieder schließen. Castellot kommt langsam näher. Zerschnitten durch das Grau der Türen, die ihn verdecken, dann wieder enthüllen, bevor sie ihn endlich passieren lassen. Er kommt auf sie zu. Eine flüchtige Berührung, und schon ist sie erregt. Auf dem Weg zum Auto hat sie den Blick gesenkt. Sie hält es nicht für angebracht, ihm die Devise der Agentur entgegen zu rufen: »Sie träumen, wir finden.« Ein durchaus werbewirksamer und intelligenter Slogan, auf den die Kerguikous auf einer Familienfeier gekommen sind.

Castellot ist nicht gerade gesprächig. Als das Handy klingelt, geht er dran und entschuldigt sich bei Madeleine mit einer Geste. Nachdem sie eingestiegen sind, reicht ihm Madeleine die Unterlagen zu den Objekten, die sie besuchen werden. Sie fahren lange. Die Straßen sind gerade. Der Horizont ohne Überraschung. Das Autoradio spielt auf leisester Stufe. Man kann nur einige Akkorde und hohe Stimmen heraushören. Castellot scheint es egal zu sein. Er fühlt sich schlecht. Ihm ist übel, aber Madeleine ahnt nichts davon. Er fragt sich, was zum Teufel er hier macht. Denkt er an seine Frau? Er denkt gar nicht mehr. Er ist weit weg. Wie von dem Menschen abgeschnitten, der er geworden ist. Er ist, was er ist. Er braucht es nicht zu sagen. In diesem felsigen Gefängnis und an diesem Meer, das kein Ende nimmt, fühlt er sich frei. Das ist das Ende der Welt: das Finistère. Das Ende von allem.

Am Kreisverkehr steht ein Schild, auf dem Le Trez Hir steht, noch ein paar Kilometer. Castellot stellt das Radio lauter.

Von Abenteuer zu Abenteuer … aus dem Zug, in den Zug, la la la la … Sie will nicht heilen, die Wunde deiner la la la la …

Sie biegen in einen baumgesäumten Weg, der nur einige Meter vom Strand entfernt ist, in direkter Nachbarschaft zum Segelclub. Er führt direkt zu dem ersten Grundbesitz. Es ist ein neues Haus, das sorgfältig im Stil einer alten Kate hergerichtet wurde. Das ist witzig, denkt Madeleine, und ich habe mir heute Morgen so viel Mühe gegeben, mehrere Schichten Make-up aufzulegen, um die Falten zu überdecken …

Castellot schaut sie an. Er weiß, es ist nicht sie, aber

irgendetwas zieht ihn an. Sie sieht einladend aus. Sie ist fast zu leicht zu haben, um ihm wirklich Lust zu machen.

»Es lohnt sich«, sagt Madeleine mit Nachdruck, »das Haus ist nicht so hübsch wie die beiden anderen, aber es hat gute Schwingungen. Etwas Magisches.«

Das stimmt. Castellot ist durch das Haus gegangen. Es hat Charme. Es ist geschmackvoll. Sehr *Elle Déco*.

»Warum steht es zum Verkauf?«

»Die Eigentümer lassen sich scheiden.«

Und doch lächeln ihre Fotos aus den Rahmen, auch die ihrer beiden Kinder. Die Frau hatte das Haus jahrelang eingerichtet, und als jedes Detail an seinem Platz war, jedes Ding in seinem Fach, fing sie an, sich mit ihrem Mann zu streiten, Vasen zu werfen, Unordnung zu machen.

Castellot wird das Haus nicht kaufen, aber er bleibt eine ganze Weile auf der Bank im Garten sitzen. Zwischen den Blättern sieht man das Meer. Man hört es. Man riecht es. Der Rasen ist gepflegt. Kleine Kiesel begrenzen einen Weg, der zu einem Mimosenstrauch führt, der vom Wind sanft geschaukelt wird. Madeleine setzt sich neben ihn auf das andere Ende der Bank. Sie teilen die Stille miteinander. Es ist ein intimer Augenblick. Castellot bricht das Schweigen nicht, aber er steht auf und geht zum Auto zurück.

Madeleine folgt ihm. Sie lässt den Wagen an und überreicht ihm das Exposé zu dem zweiten Objekt. Ein

Landhaus, Anfang neunzehntes Jahrhundert. Solche alten Häuser sind selten, viele wurden im Krieg zerbombt. Die Bretagne ist voller Kontraste. Urwüchsige geschützte Landschaften neben modernen Häusern, die in aller Eile hochgezogen wurden. Zu weiß, zu dicht nebeneinander. Zu zart. Die Fotos geben gut die Seele des Ortes wieder. Das Grundstück ist sehr groß, bepflanzt mit hundertjährigen Eichen. Madeleine fügt hinzu, dass es im Garten Eichhörnchen gibt. Castellot denkt, er könnte ihr erzählen, dass er die lecker findet, wäre ein guter Witz, aber der Gedanke allein genügt ihm. Madeleine ergänzt, dass eine Renovierung nötig wäre, aber es sei ein Schnäppchen. Der Besitzer will in ein Seniorenheim ziehen. Die Jungs aus der Gegend sagen, dass er eine Braut in Les Hespérides in Quimper hat. Eine achtzigjährige wohlhabende Witwe, die das Geld in ihrem Schlüpfer versteckt. Madeleine lacht. Sie hat ein hübsches Glöckchenlachen, das auf Castellot ansteckend wirkt. Jetzt lächelt auch er. O je, hier kommen wir nicht weiter, es ist Markttag in Saint-Renan. Es würde Sinn machen, zu Fuß weiterzugehen. Sie kommen an Entenküken, an Zwergkaninchen, an Käse vorbei. An Cidre, süß, herb und einer Mischung aus beidem, halbtrocken. Wie Castellot.

Als er noch klein war, kaufte ihm sein Vater jedes Jahr ein Kaninchen, mit dem er die ganzen Ferien über spielen konnte. Castellot gab jedem von ihnen einen Namen. Er liebte sie über alles. Es hatte einen Dagobert, eine Olga, Jacqueline (als Hommage an Bisset) und Sovetoi gegeben. Und sogar eines, es hieß Giboulée, das Schokolade mochte. Die schönen Tage gingen dahin, und es kam das traditionelle Essen zum Ferienende. Allen Tränen zum Trotz wurde das Kaninchen Anfang September verspeist. Der Vater nahm es bei den Löffeln, wandte den »Kaninchenfangschlag« an und lachte. »Hat nicht damit gerechnet, das dumme Vieh.« Er zerquetschte ihm das Rückenmark auf der Höhe des Kleinhirns, dann häutete er es. Er zog ihm die Haut ab, vielleicht noch bei lebendigem Leibe. Es wurde zubereitet, dann gebraten und mit grünen Erbsen serviert. Castellot musste kauen, seine Übelkeit und seine Tränen hinunterschlucken. Er durfte kein Weichei sein. Dann kehrte er wieder ins Internat zurück, im Mund noch den Geschmack seines toten Freundes.

Castellot bückt sich und kauft zwei kleine Kaninchen. Madeleine ist ein Stück vorausgegangen. Als sie sich umdreht, sieht sie ihren Kunden mit zwei großen Kaninchenlöffeln in jeder Hand. Dieser Typ ist auf jeden Fall origineller als sein tadelloser und glatter Anblick vermuten lässt. Die Kaninchen strampeln herum, aber Castellot beruhigt sie mit leiser Stimme.

Mit einem Code öffnet Madeleine das Türgitter. Sie verliert kein Wort über die Kaninchen, die er so selbstverständlich wie Reisetaschen in seinen Händen hält. Castellot weiß es zu schätzen.

»Der Besitz erstreckt sich bis zu dem Hügel dort.

Hier ist das Haupthaus, und zu Ihrer Rechten sehen Sie die Nebengebäude, in denen man das Personal oder seine Gäste unterbringen kann.«

Castellot geht ein paar Schritte und lässt die Kaninchen frei. Er betrachtet das Haus einen langen Augenblick, steckt sich eine Zigarette an und inhaliert tief.

»Gefällt mir nicht«, sagt er und kehrt um, Madeleine hinterher. Sie versucht mit dem davoneilenden Castellot Schritt zu halten. Die Kaninchen hoppeln in die Gegenrichtung davon. Frei.

Sie fahren an Plabennec vorbei. Madeleine ist in Gedanken versunken. Sie denkt an die Kaninchen. Sie denkt an ihn. Wie ein Geschäftsmann gekleidet, aber das Benehmen eines Cowboys. Das Auftreten, das Selbstbewusstsein, die Einsamkeit. Er gefällt ihr. Wenn sie eine Frau wäre wie alle anderen, hätte sie sich schon in ihn verliebt.

Castellot denkt, wenn seine Mutter nicht gestorben wäre, hätte sie es nicht zugelassen, sie hätte seine Kaninchen gerettet. Es gibt nur drei Fotos von ihr, eines davon in Rückenansicht. Sie war eine Waise, sie hatte ihren Mann, Castellots Vater, mit sechzehn kennen gelernt, mit achtzehn ein Kind gekriegt, ein hübsches Mädchen, dann, ein Jahr später, Castellot geboren, dann war sie tot. In ihrem Blick war etwas Liebes und Gutes. Sie hatte blaue Augen, die sie ihrem Sohn vererbt hat. Wenn er sich im Rückspiegel betrachtet, stellt sich Castellot eine Frau neben sich vor, mit langen Haaren und vollem Mund, und sieht seine Mutter. Sie fahren lange, in Schweigen versunken. Sie fühlen sich nicht verpflichtet, einander Fragen zu stellen. Das Handy von Castellot klingelt, aber er geht nicht dran, das Klingeln verliert sich im Geräusch des Windes. Die Sonne scheint. Sie haben die Fenster auf. Man könnte meinen, sie seien ein Paar.

Madeleine parkt den Wagen. Das dritte Objekt ist ein weißer Leuchtturm.

»Das hat was!«, sagt Castellot.

»Man muss es sich wie ein Loft vorstellen. Offenes Wohnen auf mehreren Etagen ...«

Auf der Treppe geht sie vor. Madeleines Rock klebt beim Hinaufgehen an den Innenseiten ihrer Oberschenkel. Es ist ihr unangenehm, sie versucht den Rock gerade zu zupfen, er kann sich gerade noch bremsen und behält seine Hände, mit denen er an dem Stoff ziehen wollte, bei sich.

»Natürlich darf man nichts gegen Treppen haben«, sagt sie atemlos.

Sie haben sich angesehen und dann ihre Blicke auf ihre staubigen Schuhe gesenkt. Castellot hat Wimpern wie die einer Frau, man könnte meinen, seine blauen Augen seien mit einem Kajalstrich betont worden. Er hat die Augen eines Dichters, die im Kontrast zu allem stehen, was ihn ausmacht, zu diesem programmierten Wesen, diesem Sohn eines reichen Vaters in einem gutgeschnittenen Anzug. Zu diesem Menschen, der seinen Weg unbeirrt, ohne Abstecher geht. Madeleine hat sich wieder gefangen. Sie sind in dem Wachraum des Leuchtturms angelangt.

»Es ist wirklich wunderbar. Aber meine Frau ... Es ist nicht ganz ihr Ding. Sie ist weder eine passionierte Innendekorateurin noch besonders abenteuerlustig. Sie hat es gern bequem. Man müsste ein Haus finden, das beides vereint, Seele und Komfort.«

»Ich denke, ich habe da etwas für Sie, aber Sie müssten noch einmal wiederkommen. Nächste Woche. Ist es für Sie machbar?«

Er sieht in die Ferne. Er hat große Lust, diesen Leuchtturm zu kaufen, einfach nur so, um ihn zu besitzen.

Wieder zurück im Auto. Zwischen ihnen hat sich ein Glücksgefühl ausgebreitet. Sie ergreifen es im Schweigen, ohne zu wissen, was sich dahinter verbirgt, was es für ihre zukünftigen Leben bedeutet. Dieses Glück sieht keinem anderen ähnlich. Es nistet sich im Herzen ein, breitet sich aus. Es ist wie ein Sonnenstrahl, der ans Fenster klopft. Es ist kein überwältigendes Glück. Es lässt sich Zeit, auch wenn es vergänglich ist, auch wenn es schon wieder weniger wird. In einem Film bräuchte man nur ein wohl platziertes Lächeln in Großaufnahme. Er schaut sie an, sie schaut ihn an. Schon passiert etwas. Im wahren Leben ist es Zeit, echte Zeit, die vergeht. Und diese Zeit vergeht langsam, so wie die folgende Woche.

Wieder in Paris, denkt Castellot nicht an Madeleine und stellt es mehrfach in Gedanken fest. Madeleine steckt nun in einer merkwürdigen Dreiecksgeschichte zwischen Brandon Bradley und Castellot. Eines Nachts schlagen sie sich sogar um sie. Madeleine achtet immer darauf, dass die Realität nicht zu tief in die Eintönigkeit dringt, die sie vor dem Leben schützt, sie weiß nicht, wie sie sich verhalten soll, sie würde ihr Herz am liebsten wieder brachliegen lassen.

Das Flugzeug hatte Verspätung, aber sie haben einander gefunden. Castellot ist ein bisschen enttäuscht. In seiner Erinnerung war sie weniger dick. In Wirklichkeit hat sie abgenommen, aber sie schaut ihn mit verträumtem Blick an, und Männer finden so was zum Weglaufen.

Sie müssen nicht weit fahren. Castellot telefoniert viel. Madeleine ist enttäuscht. Was hatte sie erwartet? Dass er um ihre Hand anhält?

Das Haus hält sich an der Klippe fest. Es sieht ausgeglichen aus, freundlich. Die eine Hälfte des Grundstücks ist mit Gras bewachsen, die andere kahl, mit Strandkieseln bedeckt. Madeleine stellt ihren Kragen auf. Der Wind fährt ihr in die Augen, die zu tränen anfangen. Davon werden sie noch blauer. Sie weiß es nicht, aber in diesem Augenblick ist ihr von herumfliegenden Haaren eingerahmtes Gesicht schön. Sie lächelt. Sah Castellots Mutter vielleicht so aus wie Madeleine?

»Das Haus ist seit Monaten unbewohnt. Alles ist geblieben, wie es war. Eine Erbschaftsgeschichte. Sie wollen es lieber verkaufen anstatt es gemeinschaftlich zu nutzen.«

Madeleine geht vor, mit federnden Schritten. Sie mag diesen Ort. Im Wind liegen Kindergelächter und Gischt, die ihre Gesichter peitscht. Die Kinder beobachten sie aus einiger Entfernung. Ihr Ball rollt Madeleine vor die Füße, die ihn zurücktritt und dabei das Gleichgewicht verliert. Castellot fängt sie auf. Madeleine bedankt sich, richtet sich auf. Sie hält den Kontakt ihres Körpers zu seinem etwas länger aufrecht als nötig.

»Normalerweise ist es hier sehr ruhig«, sagt sie und tritt vor die Eingangstür. »Das Grundstück geht bis zu dem Hügel dort, man kann es einzäunen lassen.«

Castellot folgt ihr. Sie reicht ihm die Unterlagen. Er legt sie ohne einen Blick auf den Steintisch vor dem Haus, und die Blätter fliegen davon. Madeleine sieht es nicht, aber er lacht wie ein Schuljunge und nimmt es sich sofort übel. Er folgt dem letzten Blatt mit den Blicken, bis es verschwindet. Madeleine müht sich mit dem Schloss ab. Sie hat mehrere Schlüssel. Das Schloss ist widerspenstig, dann gibt es nach. Die Diele ist geräumig, der Boden dunkel. Als Madeleine die Vorhänge im Wohnzimmer zur Seite schiebt, wirbeln die von der Sonne angestrahlten Staubpartikel wie Feenstaub durch die Luft. Castellot gewöhnt sich augenblicklich an die Details des Wohnzimmers, als wäre er schon einmal hier gewesen. Große bretonische Schränke aus dunklem Holz. Er macht einen davon auf. Er knarrt, riecht muffig. In seinem Innern ein Fotorahmen mit dem Bild seines Vaters. Es ist nicht sein Vater, aber er hätte es sein können. Einen Moment lang glaubt Castellot es. Eine Sekunde lang wird sein Vater wieder lebendig. Castellot stellt sich ein geheimes Leben vor, ein anderes Kind, vielleicht bin ich doch nicht allein? Vielleicht war dieses Haus sein Geheimversteck? Vielleicht finde ich einen Brief? Ein Zeichen? Aber die Gesichtszüge des Mannes auf dem Foto lassen Castellots Traumwelt einstürzen, die Zweifel lösen sich auf. Und das Foto wandert wieder in den Schrank. Dieser Mann ist nicht sein Vater. Castellot zieht Madeleine hinter sich ins Schlafzimmer. Hoffentlich ist sie wenigstens sie selbst. Als wäre es das Natürlichste von der Welt, schiebt er ihren Rock hoch, befeuchtet sie ein wenig mit seinen Fingern und dringt in sie ein. Sein röchelndes Aufstöhnen dient als Vorspiel. Sie lässt es mit sich machen. Ist sie überrascht? Kaum. Alles geht sehr schnell. Irgendwie ruckelnd, hingepfuscht, aber mit einer stillschweigenden Selbstverständlichkeit auf beiden Seiten. Sie mag es. Sie hat sich schon immer gewünscht, von einem Mann genommen zu werden, als würde er sich an eine rettende Planke klammern. Er hält ihre Arme fest. Sie liegt halb umgedreht auf dem Bett, und er geht in sie rein und wieder raus. Immer wieder. Für immer.

Das Sonnenlicht hat es bis hierher nicht geschafft. Die Laken sind feucht vor Kälte. Das Bett quietscht. Castellot schaut zum Kruzifix hoch. Er selbst sieht aus wie dieser nackte geschnitzte Körper, dessen Arme wie seine eigenen ausgebreitet sind. Er klammert sich an Madeleine wie an ein Kreuz, das ihn bluten lässt. Sein Geschlechtsteil bedeckt mit dem von Madeleine, wie mit einem fleischernen Lendenschurz.

Castellot wartet nicht, bis Madeleine sich wieder angezogen hat, und macht das Fenster und die Fensterläden auf. Er braucht Luft. Er steckt sich eine Zigarette an. Die Kinder lachen über Madeleines nackten Hintern. Sie sind zu weit weg, um sehen zu können, dass sie Gänsehaut hat und rot vor Scham ist. Castellot zieht seinen Reißverschluss hoch und verscheucht die Kinder mit einer Handbewegung. Sie nehmen ihren Ball und trollen sich langsam. Man hört sie noch kichern während Madeleine ihren Rock zumacht.

Castellot sieht sie nicht an. Er fixiert einen Punkt am Horizont, dann dreht er den Kopf ein wenig zum Leuchtturm hin. Sein Handy klingelt wieder. Er geht dran. Er sagt zu der Frauenstimme, die aus dem Hörer und dann in Madeleines Herz dringt: »Nein. Ich habe einen Termin. Bis heute Abend. Nein. Wir sollen um halb neun da sein. Schatz? … Ich liebe dich.«

Madeleine rührt sich nicht. Sperma fließt zwischen ihren Schenkeln, sie hat Angst, sich zu bewegen. Sie fühlt Gefahr. Sie weicht zurück. Er verlässt den Raum immer noch nicht. Unauffällig lässt sie ein Taschentuch in ihren Slip gleiten.

»Ich hätte Lust, hineinzuspringen«, sagt Castellot mit einem Blick aufs Meer. Sie hätte ihn lieber über ihre Umarmung, über ihre gemeinsame Geschichte sprechen hören.

»Ich kann nicht schwimmen«, gesteht sie ihm. Das hat sie noch zu niemandem gesagt.

»Wo sind Sie geboren?«

»Hier, in der Bretagne.«

»Eines Tages werden Sie es können, Madeleine. Eines Tages werden Sie schwimmen lernen.«

Das ist das Netteste, was sie je gehört hat. Sie kämpft gegen ihre Tränen an, die hinauswollen, schlüpft in ihre Schuhe.

Sie geht aus dem Haus und wartet auf ihn im Wagen. Sie lässt das Radio aus. Es gibt Augenblicke, in denen jedes Lied bedeutungsschwanger wird, sich ins Schicksal eingraviert.

Die Kinder lachen immer noch in der Ferne, aber nicht mehr über ihren Hintern. Sie bewerfen einen sterbenden Vogel mit Steinen.

Castellot wirft die Haustür zu, dann die Autotür. Er schaut sie nicht an, er schnallt sich an und wartet darauf, dass sie losfährt. Er betrachtet das Meer, das Madeleine Angst macht. Er sagt kein Wort. Es gibt keine peinliche Stille, nur eine andere Realität, die sich breit macht und in der nichts passiert ist. Madeleine findet ihr Auto hässlich und ihre Brüste zu schwer. Sie hätte sich so sehr gewünscht, von diesem Mann geliebt zu werden. Wieso entfernt er sich schon wieder? Sie hatte für gar nichts Zeit, weder um sich seine Haut einzuprägen, noch um seinen Geruch kennen zu lernen. Er knöpft sein Hemd noch weiter zu, sortiert die Papiere in seiner Aktentasche.

»Hat es Ihnen gefallen?«

»Es ist nicht unbedingt das, was ich suche …«

»Die erste Etage ist wirklich schön. Man hat von dort eine atemberaubende Aussicht. Wir waren noch gar nicht oben.«

»Ich glaube, man fühlt auf Anhieb, ob es was ist oder nicht.«

»Ich könnte Ihnen noch was anderes zeigen … Wenn Sie bis morgen bleiben.«

Es ist noch nicht einmal ein Lächeln, nur ein Verziehen der Lippen, das zu verstehen gibt, dass es nicht nötig sein wird. Sie biegen langsam in die Landstraße ein. Der Himmel verdunkelt sich. Zwischen ihren Schenkeln tut es weh. Er hustet. Der Mann, den er gerade in sich entdeckt hat, ist ihm peinlich. Er ist nicht der, für den er sich gehalten hat. Er ist nun ohne Zweifel jemand, der keinen Vater mehr hat. Als Madeleine ihn am Flughafen absetzt, geben sie sich die Hand. Wenn Madeleine ihm an jenem Tag in die Augen geblickt hätte, hätte sie einen Platz für die Liebe gelassen. Aber sie flieht. Castellot steigt ins Flugzeug und beschließt, mit dem Rauchen aufzuhören. An jenem Tag denkt er auch, dass er nie mehr in die Bretagne zurückkehren wird. Dass sein Vater unter der Haut von Madeleine begraben ist. Im Gedenken an seinen Vater hätte er gern geweint, aber die Tränen kommen nicht.

Madeleine sieht das Flugzeug in ihrem Rückspiegel. Weit weg. Hinter ihr. Zu hoch. Wie alles, was sie im Leben haben wollte. Sie schaut nicht zurück. Weil in dem Rückspiegel auch ein Stück ihres Gesichts zu sehen ist. Weil sie sich hässlich findet. Und weil ihre Augen traurig sind.

Am Strand war Madeleine immer diejenige, die auf die Sachen aufgepasst hat. Das komplexbeladene rundliche Mädchen, das sich unter ihrem Pareo versteckt hielt. Madeleine hatte früh entschieden, dick und hässlich zu sein, und da sie es sich immer wieder einredete, ist es ihr fast gelungen. Auf den Fotos ist sie mit ihren fünfzehn Jahren richtig hübsch anzusehen. Rund wie ein glatter Strandkiesel. Weich. Schon damals findet sie sich schrecklich, versteckt sich. Hält Abstand zu anderen Leuten, hockt bei den Badesachen. Sie kneift die Augen zusammen, wegen der Sonne, die gar nicht so grell ist, nur damit das Blau ihrer Augen nicht zu sehen ist, nur um keinen Grund zu geben, liebenswert zu erscheinen. Sie bleibt bei den Sachen, der Sand kitzelt ihre Waden. Warum sollte sie schwimmen gehen? Zu wem sollte sie laufen? Wovor sollte sie weglaufen? Madeleine winkte ihren Freundinnen vom Strand aus zu. Keiner hat sie je danach gefragt, aber nein, als gute Seemannstochter konnte sie nicht schwimmen. Da saß sie neben den Sachen ihrer Freundinnen, man hätte meinen können, ein Hinkelstein. Ihr Fuß malte Muster in den Sand, Tausende von Fragezeichen auf der Suche nach einer Frage. Der Großvater von Madeleine war auf dem Meer gestorben. Er hieß Pierrick, aber alle nannten ihn aus Spaß »Pierrick der Große«, denn er war fast kleinwüchsig. Er hatte diesen Andenkenladen in Ouessant, wo Madeleine bei ihrem letzten Ausflug mit ihrem Vater das Bilboquet-Spiel geschenkt bekommen hatte. Er verkaufte dort unglaubliche Mengen von gelben Wachsjacken und marineblauen Gummistiefeln, die mit dem berühmten weißen Adler. Er liebte Kinder. Wie bei allen seinen Enkelkindern hatte er auch bei Madeleine angefangen, ihr das Fahrradfahren ohne Stützräder beizubringen. Er hielt die Kinder am Schutzblech fest, dann, als sie im Gleichgewicht waren, ließ er los und die Kleinen traten in die Pedale ohne zu merken, dass sie frei waren, groß geworden, bevor sie sich dessen bewusst waren. Der Großvater hatte auch Madeleine losgelassen. Sie war wie ein Stein hingefallen.

»Morgen, Madeleine, wirst du leicht sein wie eine Feder, du wirst schon sehen.«

Morgen war er tot. Er hätte nicht versuchen sollen, Madeleine die Freiheit zu geben. Madeleine gehört zu den Menschen, die hinfallen, die Staub schlucken, die einstecken.

Madeleine hat ihre Milchzähne erst sehr spät verloren, in einem Alter, in dem einem die Zahnfee egal ist. Als Madeleine ungefähr dreizehn war, ging sie mit

Zahnlücken in die Schule. In einem Alter, in dem es sogar die eigenen Eltern nicht mehr niedlich finden. »Jeder hat seinen eigenen Rhythmus«, hatte der Zahnarzt gesagt, »in anderen Dingen ist sie weiter als die anderen Kinder.« In welchen denn?, hatte ihre Mutter gedacht, bei der Hautalterung? Ihre Klassenkameradinnen schauten zu Madeleine hinüber, formten mit den Fingern einen offenen Mund und imitierten einen Zungenkuss, dann lachten sie sich schlapp. Als Madeleine aus den Osterferien in die Schule kam, fehlten ihr drei Zähne. Ohne es zu ahnen, war sie zum Objekt von Fantasien pickeliger Neuntklässler geworden, die gerade die Existenz der Fellatio entdeckt hatten und nur eine Sorge kannten: ihr bestes Stück könnte angekratzt werden. Madeleines Mutter sagte, sie sei eine spätblühende Blume, die sich mit zwanzig in all ihrer sinnlichen Pracht öffnen würde.

Madeleine war nie zwanzig gewesen. Sie wurde dreizehn, siebzehn und dann siebenunddreißig. Undankbare Alter. Alter des Zweifels. In Madeleines Bauch sitzt eine Bremse, die ihre Gefühle am Ausbrechen hindert. Wenn sie einen Orgasmus hat, dann nur mit geschlossenem Mund. Mit dreizehn hatte sich Madeleine in einen gewissen Renan Lesueur verliebt. Er kam aus Rennes. Sein Vater war in den Süden versetzt worden. Die anderen Mädchen waren in Romaric Detrillec verknallt, einen großen boshaften Dunkelhaarigen, der alle von den hinteren Bänken aus taxierte. Ein unausstehlicher Taugenichts, genau so, wie ihn Mädchen mögen. Madeleine hatte Renan Lesueur erwählt, um sich selbst eine Chance zu geben, und sei es nur in ihren Träumen. Madeleines Träume waren gedämpft, wie alles andere auch, und sie blieb in ihren Fantasien realistisch bis ins kleinste Detail. Renan Lesueur hatte etwas Cooles, und es waren nicht seine Pickel. Er hatte ein Mofa, eine Solex. Das war etwas, worauf Madeleine wirklich abfuhr. Auf Renans Solex zu steigen, das wär's gewesen. Nach Schulschluss tschüss sagen, ein bisschen lauter als nötig, Geraldine einen langen verächtlichen Blick zuwerfen und sich dann auf Renans Solex schwingen.

Im Büro ist heute keiner da. Draußen regnet es. Hin und wieder läuft ein altes Mütterchen mit ihren Einkaufstaschen vorbei und einer Art Kondom über dem Kopf, einem kleinen Einweghut aus Plastikfolie, der die Frisur vor Regen schützen soll. Man sieht darin aus wie ein schlecht gerupftes Hähnchen im Tiefkühlbeutel.

Madeleine beobachtet sie, wie sie sich in den Wind legen. Sie findet diese alten Damen rührend, sie gleichen so sehr ihren Tanten. Nicht ihrer Mutter. Madeleines Mutter ist korpulent und kräftig. Nicht immer geschmackvoll gekleidet, aber sehr sinnlich. Sie liebt die fleischlichen Genüsse, sie liebt das Leben. Wenn Madeleine aus der Schule kam, waren ihr oft zufriedene und zerzauste Briefträger entgegengekommen. Sie erkundigt sich nicht oft nach ihrer Tochter. Die beiden Frauen verachten sich gegenseitig. Ist sie inzwischen vertrocknet wie eine alte Aprikose? Ist sie inzwischen aufgegangen wie ein Pfannkuchen? Sie haben sich schon lange nicht mehr gesehen. Madeleine behält ihre Mutter so in Erinnerung, wie sie mit dreißig war, und so bleibt sie für immer. Im Portemonnaie hat sie auch ein Foto ihres Vaters, aber sie kann sich nicht mehr an seine Gesichtszüge erinnern.

Madeleine wartet. Castellot kommt nicht wieder, und damit ist alles zum Stillstand gekommen. Das Telefon klingelt nicht mehr. Kein Mensch will ein Haus in einer Gegend ohne Zikaden. Madeleine wartet. Und wartet. Sie fährt Auto wie eine Spielfigur, die in der Zeit hin und her geschoben wird. Sie fragt sich, was er von ihr will. Ob er sie schon vergessen hat. Sie berührt sich zwischen den Schenkeln, fest, sie tut sich fast weh. War das wahr? Das alles …

Sie füllt einen Lottoschein aus. Geburtstag ihrer Mutter, Todestag von Lady Di, Ankunftszeit von Castellots Flugzeug und die Zusatznummer 29. Für das Finistère.

Sie spielt im Café Le Corsaire. Immer die gleichen Leute. Man kennt Mado. Man sagt:

»Grüß dich! Na, auch mal wieder da? Hast du schon von dem alten Sam gehört? Sie haben ihn mitgenommen. Ist komplett ausgerastet, hat die alte Ploubec in die Wade gebissen. Na gut, verdient hat sie's ja, die alte Meckerziege.«

»Der neue Pfarrer, der ist wirklich in Ordnung. Komm doch mal in die Kirche, damit Gott mal ein Auge auf dich werfen kann, vielleicht findet er dir auch einen Ehemann.«

»He, Mado! Das mit dem Lottoschein kannst du sein lassen, weil, ich gewinne ja sowieso.«

»Hör nicht hin. Dafür müsste er schon den Schein ausfüllen, statt nur sein Glas aufzufüllen.«

»Sobald meine Mutter tot ist, will ich das Haus verkaufen.«

»Ist sie krank?«

»Nein, noch nicht, aber früher oder später wird sie es bestimmt, werden wir doch alle.«

»Ja schon, aber mit vierundfünfzig …«

»Na und? Kann doch trotzdem sein. Was meinst du, Mado, wie viel ist das Haus wert?«

»Kann ich nicht so einfach sagen, ich müsste es schon sehen.«

»Dann komm doch mal vorbei, ich zeig dir auch mein Zimmer.«

»Aha, daher weht der Wind! Gwenolé ist scharf auf Madeleine.«

»Nein, darum geht es gar nicht, es geht mir nur um mein Erbe.«

»Trinkst du ein Gläschen mit, Mado?«

Nein, danke. Madeleine trinkt nicht, es ist auch nicht

sie, die die Häuser schätzt, sondern Herr Kerguikou. Nein. Und dann füllt sie den Lottoschein aus. Heute Abend wird ihr Brandon Bradley vielleicht verkünden, dass sie beide gewonnen haben.

Nein. Sie muss jetzt nach Hause gehen. Sie hat Verständnis für die Typen, die sich mit Alkohol warm halten. Es sind nicht alles Primitivlinge. Es ist nun mal so, dass die Farbe des Alkohols einem besser gefällt als das Grau des Himmels. Das Bier ist sonnig gelb, und es hält warm. Madeleine hält sich mit dem Fernsehprogramm warm. Ein Spiel! Herzlichen Glückwunsch, Frau Dumont, Sie haben gewonnen! Wie haben Sie bloß erraten, was sich in dieser Box verbirgt … Ah, diesmal ist es der Herr, ich sehe, dass … Ein Film mit großer Geräuschkulisse, ein Mann rennt: »Halt! Stehen bleiben!« Er stolpert, es ist zu spät. Traurige Musik. Der Mann ist ganz außer Atem, seine Waffe scheint auf einmal so schwer. Und hier, auf dem Verkaufssender, ein wundervolles Küchengerät. Aber sicher, liebe Kundin. Für die bescheidene Summe von 89,99 Euro gehört diese Zwiebelschälmaschine Ihnen. Keine Tränen mehr! Nur reiner Geschmack, sie macht auch Scheibchen … Man kann sie frittieren, wie in Amerika, und *onion rings* daraus machen, Zwiebelringe … für Madeleines Finger wie geschaffen. Der Löwe pirscht sich durch das hohe Gras der Savanne heran, das kleine Antilopenbaby weiß nicht, was es erwartet, es ist zu weit weg von der Mutter, plötzlich taucht der Löwe auf … O nein! Er wird es fressen! Madeleine mag es nicht sehen, sie zappt weiter und nimmt ihr Steak mit Erbsen in Angriff. Ein Videoclip, eine schwarze Frau in Hotpants bewegt sich schlangenartig zu Schlagzeugrhythmen, ein Typ spielt Saxofon, ein dickes Auto fährt vor. »Steig ein, Baby.« Also steigt sie ein und wackelt ihm mit dem Arsch vor der Nase herum, in aller Selbstverständlichkeit. Refrain: *Be natural*, la la la. Madeleine zappt weiter. Werbung. Sie lässt sie laufen, zur Erholung.

Sie ist vor dem Fernseher eingeschlafen. Es ist Nacht. Der Teller ist ihr fast von den Knien gerutscht. Die Gabel hält sie noch fest mit der Hand umklammert.

Hundegebell weckt sie. Auf der anderen Straßenseite wird ein Hund verprügelt und bellt wie verrückt. Madeleines Mund ist verklebt. Sie findet es eklig. Sie isst eine Banane, um den schlechten Geschmack wegzukriegen. Legt sich ins Bett. Im Halbschlaf denkt sie an Castellot, klemmt sich ein Kissen zwischen die Beine und befriedigt sich wie ein Kerl, um gedankenlos einschlafen zu können. Es funktioniert. Sie sabbert auf ihr Kopfkissen. Der Geruch ihres Schoßes bleibt an den Händen haften.

Heute Morgen wurde Brandon Bradley in die Notaufnahme eingeliefert. Seine letzte Verlobte starb bei dem furchtbaren Verkehrunfall, den die beiden in Beverly Hills hatten. Ein schwacher Trost. Brandon wird von einer Krankenschwester gepflegt, die in *Alarm in Malibu* mitgespielt hat. Sie wird ihm bestimmt bald auf die Beine helfen. Alles schön und gut, aber mit dem Verband um den Kopf sieht er für Madeleine anders aus als sonst, der Tag fängt schon mal schlecht an. Madeleine hat schlechte Laune an diesem Morgen. Herr Kerguikou neckt sie. Er hat zwei Mitarbeiter, sich selbst und Madeleine. Sein Sohn Jean und seine Tochter Nolwenn machen hier seit zwei und drei Jahren ihre Praktika. Sie lernen den Job von der Pike auf. Bei den Kerguikous gibt es keine Privilegien.

Herr Kerguikou ist gut organisiert. Seine Frau hat ihm eine große Schachtel mit vielen Fächern gekauft. Er hat Büroklammern drin, Post-its, seinen Bleistiftanspitzer, seinen Radiergummi, Tintenpatronen und Karamellbonbons mit gesalzener Butter. Er hat einen Schnauzbart. Nackt ist er hässlich. Er liebt wildes Camping. Er mag Wachstischdecken, die man schnell mit einem feuchten Schwamm abwischen kann.

Die Immobilienagentur ist sein ganzer Stolz. Er hat den Betrieb selbst aufgezogen, sein Vater hat noch Maschinen auf einem Fischkutter bedient. Herr Kerguikou glaubt, dass durch die Klimaveränderung das Finistère in drei Generationen das neue Saint-Tropez sein wird. Und seine Urenkel werden ihn als ein Genie feiern und dabei Kaviar essen. Herr Kerguikou mag es, auf die amerikanische Art Häuser als Objekte zu bezeichnen: »Wir haben ein gutes Objekt hereinbekommen, mit Meerblick.« Er hat sehr früh begriffen, dass die Fachsprache dem Kunden sofort den Eindruck von Glaubwürdigkeit und Autorität vermittelt. Er hat auch ein Werk mit dem Titel *Mit Herrn Kerguikou durch die Welt der Immobilien* geschrieben, das trotz der Ablehnung durch einige Verlage früher oder später ein Referenzwerk auf diesem Gebiet werden wird. Seine Frau ist davon überzeugt. Sie bewundert ihren Mann und betet für ihn, kocht für ihn, geht für ihn in Swingerclubs in Nantes. Die Kerguikous sind schlaue Leute. Sie genießen Respekt in ihrem Viertel und sogar auf der Ile de Ré, wo Herr Kerguikou Anteile an einer kleinen Immobilienagentur besitzt. An diesem Morgen hat er seinen »Verkaufsanzug« an, er schließt gleich ein nettes Geschäft beim Notar ab: ein seltenes Objekt, am Rand eines bewaldeten Areals, mit einer Gesamtfläche von zweihundertdreißig Quadratmetern auf zwei Etagen, neueres Baujahr.

Madeleine denkt an Castellot. Sie denkt daran, was sie nie haben wird. Für ihn würde sie alles tun. Sie weiß es.

Die Kinder haben es herumerzählt. Die Geschichte von Madeleines Hintern hat die Runde gemacht. Ist es wahr? Man spricht darüber in ganz Brest. Warum sollte sie mit einem Pariser schlafen, den kein Mensch kennt? Herr Kerguikou hat gelacht. Das kann er von ihr nicht glauben. »Madeleine! Wo denken Sie hin! Sie ist eine alte Jungfer.« Er hat sich die Frage trotzdem eines Nachts gestellt, und es hat ihn erregt. Also könnte vielleicht auch er von Madeleines üppiger Brust genießen? Er starrte einen ganzen Tag lang verstohlen in Madeleines Ausschnitt, am Tag darauf ging er zur Beichte.

Was die jungen Kerguikous betrifft, so haben sie nach dieser Bettgeschichte auf Madeleines Entlassung und auf die Beförderung eines von ihnen gehofft. Das ist das Einzige, was sie interessiert: Kerguikou View zu übernehmen. Sie wissen, dass ihr Vater einen hohen Cholesterinspiegel hat, und füttern ihn ständig mit buttertriefenden Crêpes. Nolwenn ist recht hübsch. Sie kommt gut an. Sie wägt alles ab. Ihre Blicke. Die Hoffnungen, die sie weckt oder nicht. Sie hat den Vorsatz gefasst, Jérôme zu erobern. Seine Eltern sind wohlhabend. Sie stellen Gebäck her, »Les Galettes de la Bigoudène«, das auf der ganzen Welt verkauft wird. Nolwenn wird ihr Ziel erreichen. Daran hat sie keinen Zweifel. Sie konzipiert ihr Leben wie einen Schlachtplan.

Jean ist ein Langweiler. Er ist geboren, um Akten zu sortieren, graue Anzüge zu tragen und zu sterben. Liebe? Eines Tages wird er ein Mädel finden, das ins Schema passt, und wird sie heiraten. Ein- oder zweimal hatte er gehofft, Madeleine würde ihn in die Geheimnisse der sinnlichen Genüsse einweihen. Sie wirkt anziehend, man fragt sich oft, warum sie kein Liebesleben hat. Einige Frauen haben die Gelegenheit genutzt, um zu behaupten, sie sei allein, weil sie wechselnde Bettgeschichten auf die Pariser Art vorziehe. Nicht so sehr die Tatsache, dass sie sich von einem Kunden vögeln ließ und von Kindern nackt gesehen wurde, war schockierend. Aber von einem Pariser? Nein ... Das erschien völlig unmöglich. Eine Frau aus Brest würde sich doch niemals mit einem dahergelaufenen Pariser einlassen.

Madeleine hatte zwei Besichtigungen gemacht, kleine Einkäufe, ein Omelette, dann hat sie die 20-Uhr-Nachrichten eingeschaltet. Wie alle Bretoninnen blickte sie den Nachrichtensprecher Patrick Poivre d'Arvor mit großer Zuneigung an. Sie verstand nicht viel von Nachrichten. Dafür müsste man schon deutlicher erklären, wer die Bösen und wer die Guten waren, aber PPDA sah gut aus und wirkte seriös. »Es ist sehr wichtig, gut auszusehen, wenn man über sterbende Menschen spricht«, hatte Frau Kerguikou eines Tages gesagt, als man im Büro über berühmte Bretonen diskutierte, »das wirkt seriöser«.

Nach ihrer Serie macht Madeleine den Fernseher aus und schließt die Augen. Sie versucht, sich an ihn zu erinnern. An Castellot, ihr kleines Kastell. Träume einer Prinzessin, die das Verfallsdatum überschritten hat. Castellot ... Seine Erscheinung ist präsent, ganz deutlich sogar, so, wie man instinktiv den Schatten des Sensenmannes an der Kapuze und an der Sense erkennt. Aber seine Augen? Wie sahen sie aus? Wie sahen sie sie an? Sein Gesicht verschwimmt langsam, trotz Madeleines Liebeskummer, es verschwindet. Castellot ist groß, seine Augen sind leuchtend blau und klug. Schaut er alle Menschen auf diese Weise an? Seine braunen Haare liegen ein wenig an.

In der Bar hat neulich einer fallen lassen:

»Man sagt, du hättest einem Pariser das Haus an der Küste gezeigt.«

Madeleine bejaht es und läuft rot an.

»Man sagt, du hättest ihm mehr gezeigt als nur das!«

Madeleine zuckt mit den Schultern, aber hinter ihrem Rücken wird über sie gelacht. In einigen Blicken hatte Geilheit aufgeblitzt, sie fühlt sich schmutzig. Heute Abend wird Madeleine noch einmal in die Bar zurückkehren und Zigaretten kaufen, für Castellot, für den Fall, dass er zurückkommt. Sie bräuchte auch noch Gummistiefel für ihn. Und Kaffee. Männer trinken gern Kaffee. Madeleine trinkt heiße Milch. Sie geht ins Kaufhaus um die Ecke, um Hausschuhe für ihn zu kaufen. Aber sie hat Angst, sie könnte jemanden treffen, der sie fragt, für wen die Pantoffeln in Größe 44 sind. Sie legt sie wieder zurück. Von der Größe seines Geschlechtsteils hat sie eine gewisse Vorstellung, seine Füße hat sie sich nicht angeschaut. Madeleine geht durch die Kälte. Es ist früh dunkel geworden. Das Laufen fällt ihr schwer, sie ist kurzatmig. Die Frau von der Änderungsschneiderei kommt ihr entgegen, Madeleine grüßt sie, das Blut steigt ihr in den Kopf, sie fühlt Hitze und Übelkeit in sich aufsteigen. Sie fällt hin. Das Letzte, was sie sieht, ist Öl auf einer Wasserpfütze, das in Regenbogenfarben leuchtet. Ein vom Himmel gefallener Regenbogen. Bums, der Kopf liegt auf dem Gehweg. Die Frau ruft um Hilfe, aber die Straßen sind leer. Madeleine glüht fiebrig. Die Änderungsschneiderin lässt sie auf dem Bürgersteig liegen und ruft einen Arzt.

Als Madeleine zu sich kommt, ist sie in einem ihr unbekannten Haus, in einem Bett, dessen Laken nach Weichspüler riechen. Ein Arzt ist da. Er stellt Fragen.

Nein, sie ist nicht schwanger.

Woher will sie das wissen?

Sie weiß nicht, woher man weiß, dass man nicht schwanger ist, aber sie sagt sich, wenn sie es wäre, wüsste sie es.

Also nein.

Doch, ja, sie hatte gefrühstückt.

Nein, sie ist nicht in Behandlung.

Überanstrengung? Vielleicht, bestimmt sogar …

Es ist anstrengend, nutzlos zu sein.

Der Arzt hört sie ab. Seine Hände sind sanft. Es ist so lange her, dass ein Mann sie zärtlich berührt hat. Mit seiner Hand fühlt er lange ihren Puls, und plötzlich muss Madeleine weinen. Sie weint dicke Tränen der Zärtlichkeit für diesen Mann, den sie am liebsten behalten möchte.

»Ich werde Ihnen Vitamine verschreiben, und Magnesium, damit Sie wieder auf die Beine kommen. Sie sind erschöpft, das kann schon mal mit einer kleinen Depression einhergehen.«

Erschöpft? Weil sie nichts für niemanden tut?

Er zieht seinen Mantel über, lächelt ihr zu und geht.

Einige Augenblicke später steht sie auf. Sie knöpft ihre Jacke zu. Sie bewegt sich im Dunkeln durch das unbekannte Haus. Sie orientiert sich an Geräuschen, die von Kindern kommen. Sie erreicht die Küche. Die Familie ist gerade beim Essen. Sie ist bei der Änderungsschneiderin zu Hause. Es gibt einen langen Moment der Stille. Madeleine sagt Dankeschön, sie schauen sie an, ohne ein Wort, als hätten sie gerade ein Gespenst gesehen, und sie geht hinaus.

In der Küche der Änderungsschneiderin wird weitergegessen. Man spricht ein wenig über Madeleine, über ihre Ohnmacht, ihren Vater, der ein Trinker war.

»Ich habe sie noch nicht einmal gebeten, mit uns zu essen«, sagt die Frau, ein wenig spät. Ihr Mann antwortet nicht und isst weiter.

Madeleine geht langsam. Sie hat Angst, wieder hinzufallen. Hofft es auch ein wenig. Hinfallen und nie wieder aufstehen. Nie mehr leiden, durch den Sturz die Erinnerung an Castellot töten, vorausgesetzt, die Erinnerung geht auf dem harten Boden zu Bruch. Vor ihrem Haus bleibt Madeleine zögernd stehen. Sie will nicht hinein. Sie überlegt, mit dem Zug nach Paris zu fahren, um ihn zu suchen. Aber es ist schon dunkel. Sie muss diesen Entschluss in ihrem Innern bis zum nächsten Morgen festhalten. Castellot suchen. Madeleine legt eine Kassette in den Walkman ein und hört Musik in ihrem Bett, bis sie vor Müdigkeit benommen ist, bis sie davon überzeugt ist, nicht mehr allein zu sein. Sie hört Jeanne Mas. Sie ist Jeanne Mas, singt laut, ohne die eigene Stimme zu hören. Sie schreit. Sie weint. Sie verausgabt sich, bis zur totalen Erschöpfung. Sie schläft mit dem Kopfhörer auf dem Kopf ein. Der Wecker klingelt schon seit zwanzig Minuten. Endlich hört ihn Madeleine. Sie hat Kopfschmerzen. Sie hat nur wenige Stunden geschlafen. Sie müsste eigentlich schon im Büro sein. Sie hat noch nie einen Arbeitstag versäumt, Herr Kerguikou auch nicht.

Ihre Agentur ist eine schöne Agentur. Sie ist Ostern vor drei Jahren renoviert worden. Mit ihren vielen Ordnern wirkt sie modern, und auch im Schaufenster prangt statt hässlicher Pappschilder mit Kaufangeboten ein Flachbildschirm, auf dem die Objekte nacheinander vorbeiziehen. Das zieht den Blick an und »macht einen professionellen Eindruck«, sagt Herr Kerguikou. Sein Sohn Jean ist gut in allem, was mit dem Computer zu tun hat, er nimmt die Kundendaten auf, während Nolwenn die Texte verfasst. Sie kennt alle Wörter, die einen zum Träumen bringen. »In einem professionellen Rahmen den Kunden zum Träumen bringen, das ist gut«, sagt Papa Kerguikou.

Die Kerguikous haben zwei Projekte: im Cadillac quer durch die Vereinigten Staaten fahren. Und … eine Imitatoren-Show aufziehen, auf höchstem Niveau.

Madeleine geht ans Telefon. Es gibt viele ältere Menschen, die ihren Besitz verkaufen und in ein Seniorenheim ziehen müssen. Madeleine hört mehr zu, als dass sie spricht. Hinter der Notwendigkeit, sich von der Kulisse eines ganzen Lebens zu trennen, verbergen sich oft Ängste, Familiengeschichten oder überhaupt keine Familien.

Madeleine macht Kaffee. Madeleine hat einen guten Draht zu dem Notar, aber die Projekte zum Abschluss bringen, das darf sie nie. Diese Ehre gebührt allein Herrn Kerguikou.

Madeleine tut alles, was sie kann, um zu existieren.

Madeleine füllt Karteikarten aus. Madeleine lächelt den vorbeigehenden Menschen zu. Madeleine kümmert sich um die saisonale Vermietung von Häusern per Internet.

Sich mit Händlern unterhalten. Die Agentur schließen. Die Leere des Abends. Das Geräusch des laufenden Fernsehers. Das lautlose Geräusch der Nacht. Und wieder Castellot, der durch ihre Träume zieht. Castellot, der sie heiratet, der sie entführt, der mit ihr schläft. Madeleine bittet für Montag und Dienstag um zwei Tage Urlaub, aus familiären Gründen. Sie sagt, sie müsse nach Paris, um einen Onkel zu besuchen, der im Sterben liegt.

Jeden Sonntag besucht Madeleine ihren Großonkel Pépé Jacques im Altersheim. Nächstes Jahr wird er fünfundneunzig. Er betatscht Madeleines Hintern bei jeder sich bietenden Gelegenheit. Hasst die Deutschen, Frischkäse und die Jugend von heute. Er hat noch seine eigenen Zähne und muss nicht alle drei Sekunden zum Pinkeln aufs Klo. »Ich bin zwar alt, aber nicht so senil wie die anderen alten Idioten«, prahlt er immer. Er sagt, dass er im Heim ist, um zu bumsen, dass es keine heißere Frau gibt, als eine, die kurz vor dem Abkratzen ist. Er verlangt von Madeleine, ihm Gleitcreme zu besorgen.

Madeleine weiß, dass er das Zeug in den Müll wirft, aber sie macht das Spiel mit. Pépé Jacques besitzt ein Haus in Brest. Ein schönes Haus. Er will es nicht verkaufen. Es hatte einem bretonischen Sänger gehört, der elektronischen Dudelsack gespielt hat und eine Zeit lang ziemlich gefragt war. Er musizierte zusammen mit Peter Gabriel von Genesis ... mit den ganz Großen. Höhepunkt der Karriere in den Siebzigern. Auf der Toilette seines Hauses in Brest soll einer der Bee Gees einen Hit komponiert haben. Das behauptet zumindest Pépé Jacques und das hat man ihm erzählt, als er 1978 das Haus kaufte. Ein Hit auf seiner Toilette! Pépé Jacques glaubt, es war *Staying Alive*, aber ist sich da nicht ganz sicher. Was er weiß, ist, dass nach diesem Hit die Bee Gees eine lange Durststrecke hatten. Laut Pépé Jacques hat einmal einer der Bee Gees, der Komponist, bei ihm geklingelt, um seine Toilette zu benutzen, in der Hoffnung, seine Inspiration wiederzufinden. Er hat es ihm erlaubt. Zack, wieder ein Hit. Aber nächstes Mal, als der Bee Gee wieder vor der Tür stand und voller Zuversicht mit seiner Mickymausstimme fragte: *»Could I use your bathroom, please?«*, durfte er weder die Toilette noch sonst etwas im Haus benutzen. *»No, no, go to your maison.«* Wir wollen mal nicht übertreiben, der Typ hatte dank seines Klos einen Welthit gelandet und hat ihm dafür nicht einen Cent gegeben, nicht einmal Pralinen geschickt, nichts. Also hat Pépé Jacques Nein gesagt und ein Schild vor dem Haus angebracht: »Amerikaner auf meiner Toilette unerwünscht.« »Was meinst du, Madeleine, war doch richtig, oder?« Sie meint, dass die Bee Gees Australier sind, und sie denkt an Castellot. Er ist immer um sie, wie dichter Nebel. Alle anderen Gedanken sind kaum greifbar oder schmerzlich. Sie möchte nur an ihn denken. »Was haben die sich denn vorgestellt? Dass ich ihnen auch noch Klopapier gebe?« Pépé Jacques hatte sich einen Synthesizer gekauft, zwischen Kloschüssel und Fenster aufgestellt und mehr als dreißig Jahre lang versucht, selbst einen Hit zu schreiben. Vergeblich. Als er aus seinem Haus auszog, ließ er den Synthesizer und seine Träume hinter sich. Vor drei Jahren ist in sein Haus eingebrochen worden, aber es wurde nichts gestohlen. Pépé Jacques ist sicher, dass es wieder einer der Bee Gees war. Im Heim Les Œillets kennen alle diese Geschichte, und jeder weiß Bescheid: Wenn ein langer Dürrer mit Schnauzbart und Pailletten-Hosen aufkreuzt, darf er nicht mal in die Nähe von Pépé Jacques. Die Plattenmafia ist mächtig, es könnte sein, dass man

Pépé Jacques aus dem Weg räumen wolle. Pépé Jacques ist überhaupt ständig auf der Hut und hat auch im Heim seine Feinde. Er ist der »Show-Verantwortliche« des Hauses. Es werden Lieder im Chor geübt, man verkleidet sich, man bastelt Masken ... Dreimal im Jahr gibt es eine Vorstellung. Früher war es einmal im Jahr, aber es starben zwischendurch immer einige Mitwirkende weg, und die Choreografien mussten jedes Mal neu eingeübt werden.

Diesmal steht *Cats* auf dem Spielplan. Pépé Jacques führt Regie und singt die Hauptrolle.

»Madeleine, du siehst gar nicht gut aus.«

»Du aber schon, Pépé Jacques ... Auf jeden Fall besser als letzte Woche.«

»Die Show kommt näher, das Auge lacht ... Man sollte immer Pläne haben ... Hast du denn Pläne? Ich meine keine Pläne wie Einkaufslisten machen oder das Fernsehprogramm aussuchen ... Ich meine richtige Pläne ...«

»Na ja ... Ich würde gern meine ei...«

»Deine eigene Immobilienagentur aufmachen, ja, ja! Deine Arme solltest du aufmachen, Madeleine ... Du bist nicht hässlich, auch wenn es dir deine Mutter in den Kopf gesetzt hat, diese dumme Kuh. Zu meiner Zeit hätte ich etwas mit dir angefangen.«

»Danke, Pépé Jacques.«

Sie war nicht sicher, ob man sich für so etwas bedankte.

»Du siehst blass aus, aber man weiß ja, woher das kommt. Mach ein paar Kinder, dann siehst du auch gleich frischer aus.«

Pépé Jacques schließt das Kapitel Kinder und öffnet die Akte Bee Gees.

»Weißt du, neulich hat hier ein Kerl angerufen. Jetzt haben sie mich gefunden. Der Typ hat mir eine unglaubliche, eine verrückte Summe für das Haus geboten. Aber ich habe nicht vor, an diese Betrüger zu verkaufen. Ich will die Rechte aller zukünftigen Alben, sonst *nada*. Weißt du, Madeleine, ich hab da so eine Idee … Wenn ich im nächsten Jahr hier rauskomme, richte ich mir auf der Toilette ein Aufnahmestudio ein …«

Pépé Jacques glaubt immer noch, er könne da rauskommen, wie aus dem Gefängnis. Er will es nicht wahrhaben, dass sein nächstes Heim der Friedhof sein wird.

Die Stunde bei Pépé Jacques ist vorbei. Madeleine hat ihm Gleitcreme dagelassen, das Fernsehprogramm der Woche, frische Butter und ein Rubbel-Los. Es regnet, sie lässt den Regen ihre Wangen hinunterfließen. Castellot bringt ihren Kopf durcheinander, ihre Augen, die Erinnerung an seinen Hals, den sie küssen möchte, den sie beißen möchte, wie ein tollwütiger Hund.

Paris. Montag. Sie hat ihren Rollkoffer gepackt. Sie zieht ihn hinter sich her, als sie aus dem Shuttle Orly-Paris steigt. So viele Menschen, sie rennen, sie drängeln.

Madeleine nimmt die Metro. Dann ein Hotelzimmer in einer Sackgasse im fünften Arrondissement. Es ist winzig, mit Dusche. Sie stellt ihr Gepäck ab und geht hinaus. Sie geht durch die schicken Viertel. Sie kennt die Hauptstadt nur wenig, hat aber kein Interesse, etwas daran zu ändern. Sie schaut nicht auf die Häuser oder die Schaufenster, sie sieht sich die Menschen an. Sie bewundert nicht die historische Brücke, sie sucht nach einem einzelnen Mann. Sie sucht Castellot. Sie sucht einen Blick, der sich von anderen abhebt. Aber was würde sie ihm sagen, wenn sie ihn träfe? Dass sie ihn liebt. Sie, Madeleine. Was sie ihm geben würde? Alles. Madeleine weiß es, aber sie glaubt, sie habe nichts, was interessant sein könnte. Madeleines Füße schmerzen, und ihre Augen sind traurig. Sie betritt eine Brasserie. Sie bestellt Grillfleisch mit Pommes, dann überlegt sie es sich anders. Wenn Castellot zufällig vorbeikäme, könnte er von dem, was sie isst, angewidert sein. Sie bestellt ein Mineralwasser. Natürlich trifft sie auf niemanden außer auf ihr Spiegelbild, das sich vor Verdruss krümmt. Castellot ist zur gleichen Zeit nicht einmal in Paris, er ist mit seiner Frau in einem Landhaus in Este. Er schläft dort in weißen Baumwolllaken. Sie schlafen sogar miteinander. Er nimmt sie in den Arm. Sie erinnern sich an dies und das.

Am nächsten Tag läuft Madeleine noch ein wenig durch die Gegend. Sie geht über das Champ-de-Mars, am Invalidendom vorbei, durch Saint-Germain-des-

Prés. Sie nimmt den Nachmittagsflug. Sie schläft an der Fensterluke ein, völlig erledigt.

Castellot besteigt das Flugzeug nach Paris. Unter einem stürmischen Himmel verlässt er Italien. Er streitet mit seiner Frau. Das tut ihm gut. Etwas in ihm kann sie nicht mehr ertragen. Sie ist blond, schlau. Fast ein bisschen vulgär. Männer finden sie aufregend. Sie hat sich die Haare kurz schneiden lassen, *à la garçonne*. Castellot nimmt es ihr übel. Als er sie kennen lernte, hatte sie Haare bis zum Po. Unwillkürlich denkt er an Madeleines Haarpracht. Es hat ihm gefallen, seine beiden Hände hineinzutauchen.

Madeleine wüsste gern, wie Castellot mit Vornamen heißt. Er hat ihr nichts Persönliches zurückgelassen. Keine schwärmerische Erinnerung. Nichts, was einer Frau helfen könnte. Antoine. Wenn sie wüsste … Antoine. In dir verwirf mich nicht … Antoine. Aber Castellot, das ist hässlich, das ist dahingeworfen, zurückgeprallt, nichts, was bleibt, nichts, was dem Herzen hilft, sich zu verlieren.

Madeleine stellt ihren Koffer im Wohnzimmer ab. Sie lässt sich auf das Sofa fallen, schläft schnell ein. Sie hat einen Traum. Sie geht durch viele Türen. Zuerst durch ganz kleine, dann werden die Rahmen immer größer. Als sie gerade durch die letzte, die prächtigste, hinter der Antoine auf sie wartet, gehen will, fällt die Tür zu und klemmt ihr die Finger ein. Madeleine schreckt auf, mit einer raschen Bewegung ihrer Hand, die sich der Tür entziehen will. Ihr Atem geht schnell, es hat ihr Angst gemacht. Als Madeleine erwacht, ist es im Wohnzimmer schon hell. Sie mag die Augen noch nicht aufschlagen. Der Kopf tut weh. Ihre Finger sind blutig. Sie keucht auf, erschrocken darüber, ihren Traum in die Realität mitgenommen zu haben. Dann begreift sie, dass sie ihre Tage hat. Sie zieht sich schnell um. Auf dem Sessel ist Blut. Sie reibt den Fleck mit kaltem Wasser heraus. Es ist schon das dritte Mal in einem Monat, dass sie ihre Tage hat. Ihr Körper blutet aus, als wäre er totes Fleisch.

Eine Woche ist vergangen. Italien ist nur noch eine Erinnerung. Castellot holt sich im Körper seiner kurzhaarigen Frau einen runter und denkt an Madeleines Hüften. Er denkt auch an ihre Augen, als wäre er verliebt. Er denkt an die Bretagne, an die Zeit, die vergeht. Er betrachtet seine Kinder, die ihm fremd sind. Er lässt die Gespräche, die Mahlzeiten über sich ergehen. Er trinkt ein Glas, lässt alles über sich ergehen. Ein Teil von ihm ist nicht mehr da. Er sagt sich, das kommt vom Tod seines Vaters. Er sagt sich, dass er sich nicht richtig von ihm verabschieden konnte. Er sagt sich, dass er seine Frau nicht mehr ertragen kann. Ihre Hand in seinen Haaren, ihre Zeichen des Mitgefühls. Es ist Sonntag. Heute Abend läuft ein Fußballspiel, damit vergeht die Zeit ein bisschen schneller. Er wirft einen Blick auf das Telefon. Er stellt sich vor, anzurufen. Er würde Madeleine gern wiedersehen oder es sich wenigstens vorstellen, aber die Immobilienagenturen öffnen erst Montag früh. Seine Frau hat das Abendessen gekocht, es ist gut, aber es ist seit Jahren auf die gleiche Weise gut. Wenn sie das Essen einmal anbrennen ließe, das wäre mal etwas Exotisches. Seine Kinder schenken ihren Handys mehr Aufmerksamkeit als ihm. Antoine Castellot ist eine der Mauern, die man eine Familie nennt, eine Mauer, die beschützt, die Sicherheit gibt, die einschließt und die erstickt. Es ist Sonntagabend, es ist normal deprimiert zu sein, aber Antoines Samstag hat sich auch schon wie ein Sonntag angefühlt. Am folgenden Tag geht er erst gar nicht ins Büro. Er wartet nicht, bis der Gedanke in seinem Kopf Form angenommen hat, er fährt zum Flughafen und lässt sich unterwegs durch die Auskunft die Telefonnummer der Immobilienagentur Kerguikou View angeben. Als er diesen Namen nennt, muss er lachen. Auf dem Anrufbeantworter werden die Handynummern aller Immobilienmakler genannt. Der beiden. Wieder lacht er. Er schreibt sich die von Madeleine auf, wählt die Nummer. Es ist sehr früh. Castellot sagt wenig. Ihm ist schlecht, aber er hat keine Wahl. Was ist es, das für ihn entscheidet? Sein Schwanz? Sein Herz? Sein Menschsein?

Er lässt keine Nachricht zurück, nicht im Büro. Nicht bei seiner Frau. Er flieht, aber nicht weit weg, nicht einmal in die Sonne.

Er geht zurück in seine Kindheit. Zu seinem Vater.

Zu den Dingen, die er vergessen hat und sich schämt, sie verachtet zu haben. Er geht zu dem Jungen, den er dort zurückgelassen hat, zu dem kleinen Antoine, der Minigolf gespielt hat. Zu dem kleinen Antoine mit seinen kleinen Kaninchen.

Er sitzt auf demselben Sitz desselben Flugzeugs, wo Madeleine in der Woche zuvor gesessen hat. Er schläft an demselben Flugzeugfenster ein. *In utero*, im Bauch der Maschine.

Wie hat ihre Stimme geklungen? Hatte sie überhaupt etwas gesagt? Was soll sie anziehen? Wie kommt sie dahin? Er hat sie gesiezt. Er hat nichts gesagt. Weder über die Häuser noch über jenes Bett, noch über dieses Mal. Ist es ein Date? Ein neuer Besichtigungstermin? Er hat ihr die Ankunftszeit des Flugzeugs durchgegeben. Heute, noch heute. Nach zwei Monaten. Madeleines Erinnerung ist noch lebendig, brennt auf ihren Schenkeln. Ihr Unterleib wartet, schmerzlich, ängstlich. Soll sie noch zum Friseur gehen? Soll sie was Schwarzes anziehen? Das macht schlank, bedeutet aber auch Furcht und Ferne. Blau vielleicht? Braun? Nicht viel Zeit. Was sie dazu sagt? Sie sagt, ich werde auf Sie warten. Die Stille zieht sich in die Länge. »Werden Sie mich wiedererkennen?«, fragt sie noch. Er antwortet nicht einmal. Sie hat keine Ahnung, wie man einen Mann festhält, sie gleiten ihr durch die Finger wie Quecksilber, und dieser hier ist sehr viel mehr als nur ein Mann. Er ist der, den sie liebt, auf den sie gewartet hat. Jetzt weiß sie es, sie merkt es an der Anstrengung, die es sie kostet, ihr Herz in einem lebenserhaltenden Rhythmus schlagen zu lassen. An ihrer Stimme, die sie nicht unter Kontrolle hat. An ihrem Lächeln, das lächelt. Castellot wird in zwei Stunden da sein. Sie gehört sich nicht mehr. Sie zittert, nichts anderes ist mehr wichtig. Sie fährt den Wagen wie betrunken, gerade noch konzentriert genug, um nicht zu sterben. Alles strebt zu ihm, er ist alles. Sie verachtet sich dafür, aber sie hat keinen Einfluss mehr auf ihren Verstand. Würde jetzt jemand vor ihren Augen sterben, sie hätte keine Zeit, ihm zu helfen, tut ihr leid, sie kann nicht, sie muss dieser Stimme folgen, die nach ihr ruft, die nach ihr greift.

Er gibt ihr eine Wegbeschreibung. Er will ans Grab seines Vaters, Blumen ablegen. Der Friedhof ist ein Stück weit weg vom Meer. An der Ausfahrt nach Bénodet. Er ist hässlich, er ist grau, das Wetter ist schlecht. Überall lächerliche blumige Farbflecken. Man merkt, mehr noch als an anderen Orten, dass die Blumen sinnlos sind, dass sie die Gräber nicht erreichen, dass sie einsam im stinkenden Wind, der die Totengräber umschmeichelt, dahinwelken. Da ist ein Priester, der seinen Mantelkragen aufstellt. Er ist zu früh gekommen. Er spricht ärgerlich in sein Handy. Da ist eine ältere Dame, die ihren jung verstorbenen Sohn beweint. Da ist ein junger Mann, der nicht weint. Ein Obdachloser, der für einige Münzen Gebete spricht. Da ist auch eine Möwe, die lacht. Sie halten auf dem Parkplatz, aber Castellot will nicht aussteigen. Er will mit dem Auto direkt ans Grab fahren. Madeleine sagt, das ist verboten, aber Castellot wiederholt, dass er mit dem Auto dahin will. Sie fährt. Sie überfährt die Hortensien, das Tor ist schmal. Es ist ein Friedhof aus Stein, sogar das Gras sieht versteinert aus. Die Kreuze stehen in einer Flucht nebeneinander, eines ist aus rosa Granit. Madeleine denkt, sie hätte auch gern so eins, wenn sie einmal tot ist. Sie fahren weiter. Er sagt ihr, sie müsse jetzt nach links.

»Hier«, sagt er. Hier in dieser Gruft werde auch ich liegen. Hier werde ich verrotten, hier, neben den anderen Knochen.

Sie hält mit dem Wagen vor dem Grab. Sie traut sich nicht, auszusteigen. Den Kopf zu drehen. Sie denkt, vielleicht weint er, und es geht sie nichts an. Castellot schnauft wie eine Kuh. Er atmet tief und laut. Er legt seine Hand auf Madeleines Schenkel, schiebt sie weiter hoch. Und als er seinen Finger in ihre Scheide versenkt, weint er nicht. Er denkt an seinen Vater. Er denkt an seine Mutter, die er nie gekannt hat. Die unter der Last seines kleinen Körpers gestorben ist. Einige Augenblicke nach seiner Geburt. Madeleine hat es sich verboten, etwas zu empfinden. Sie sind wieder angefahren. Castellot konnte nicht aussteigen, konnte den Marmor des Grabsteins nicht berühren. Die Blumen sind auf der Rückbank liegen geblieben.

Er bittet Madeleine, ihn zum Flughafen zurückzufahren. Sie fragt ihn, ob er sich denn keine Häuser ansehen wolle. Er schüttelt den Kopf. Sie fühlt sich elend, schmutzig. Als hätte sie darum gebeten, gevögelt zu werden. Aber das war nicht das Problem. In ihrer Frage war: »Ich flehe dich an, bleib. Frag mich, wer ich bin. Sprich mit mir. Bleib über Nacht bei mir, damit ich mir dein Gesicht ansehen kann, wenn du schläfst«, aber sie brachte nichts heraus. Langsam hat sie den Weg zum Flughafen eingeschlagen und Castellot hat aus dem Fenster geschaut. Madeleine weiß es nicht, aber Castellot hat es immer noch nicht geschafft, Tränen um seinen Vater zu vergießen.

Madeleine schaut ihn immer wieder verstohlen an, sie gräbt sich sein Gesicht ins Gedächtnis, für die mageren Zeiten. Sie glaubt nicht, dass er noch einmal wiederkommt. Er hat hier nichts verloren. Er wollte nur sehen. Verstehen, warum.

Man kehrt kaum mehr als zweimal in Madeleine ein. Das erste Mal aus Versehen. Das zweite Mal, um zu begreifen, was einen beim ersten Mal angezogen hat.

Madeleine fährt Umwege. Sie will ihn so lange wie möglich bei sich behalten. Sobald er aus dem Wagen gestiegen ist, wird sie wieder zu Madeleine. Zu Mado mit den großen Titten. Immobilienmaklerin aus Brest, Single, vierzig, keine Kinder.

Sie ist ein Schatten, der wartet. Der das Flugzeug wegfliegen sieht. Ein fetter Schatten mit braunen Haaren. Sie hat ihr Gesicht an die Fensterscheibe gepresst, sie legt ihre Hände um die Augen und drückt gegen die Scheibe, und hofft, ein Stück weiter sehen zu können.

Sie beschwört ihn, sich umzudrehen. Er ist schon im Flugzeug. Ihre Liebe. Ihre große Liebe. Das Fenster beschlägt um Madeleines fetten Schatten. Auch Tränen sind dabei. Das Flugzeug hebt ab, ihr Kummer nicht. Jetzt müssen Sie aber auch wirklich gehen, wir machen gleich zu.

Es gibt nicht die Spur einer Wolke. Keinen Kondensstreifen. Der Himmel ist rein. Er wäscht seine Hände in Unschuld. Wir machen gleich zu.

Also geht Madeleine zum Auto zurück. Sie fährt sofort los. Sie erfindet für sich etwas Dringendes. Sie würde singen, wenn sie keine Angst vor ihrer Stimme hätte. Sie fährt wieder über die Landstraße, zurück nach Hause. Andauernd Kreisverkehr. Überall falsche Möglichkeiten. Und ein einziger Weg. Und Madeleine schlägt ihn ein wie man seinen Puls misst, ohne zu wissen, wie man ihn berechnet. Und nur weiß, dass irgendwas nicht stimmt, dass man kaum Luft kriegt, aber das Leben geht weiter, das Leben muss weitergehen. Trotz der vielen ängstlich zitternden Herzen. Trotz der Schmerzen von tausend Seelen in tausend Ländern. Man lächelt, man bewegt sich vorwärts, man biegt an der Kreuzung ab. Und hinter den fließenden Tränen steckt irgendwo die Lust zu lachen. Sie erlebt ja richtig was. Ihr Leben ist kein flaches Elektrokardiogramm. Vielleicht kommt er wieder. Vielleicht darf sie noch hoffen. Etwas in ihr sagt, dass sie schön ist. Dass sie eines Tages frei sein wird, frei von der Last, die sie schon immer mit sich herumgeschleppt hat, der Last, die schon vor ihr im Bauch ihrer Mutter war. Madeleine parkt schief ein, schlägt den Kragen hoch. Es ist kalt. Sie nimmt die Blumen, die Castellot auf der Rückbank liegen gelassen hat. Und wie eine Frau, die man gerade beschenkt hat, tut sie die Nelken in eine Vase und stellt sie auf den Couchtisch. Sie schaut sie an. Sie riecht daran. Sie tut alles, um zu vergessen, dass sie für ein Grab bestimmt waren.

In der Bar amüsiert man sich über sie. Die Frau von der Passkontrolle hat sie gesehen, sie ist die Freundin von Jean-Mi. Washastdudenngedacht? Dass man das nicht mitkriegt? Man hat gesehen, wie du ihm, als er wegging hinterhergeguckt hast, wie du an der Fensterscheibe geheult hast. Was ist? Kannmandenngarnixmehrsagen? Ist ja gut! Ist ja gut! Wir waren alle mal verknallt. Aber ein Pariser! Du kannst noch von Glück reden, dass er überhaupt wiedergekommen ist! Du warst ganz nett für zwischendurch, aber das ist jetzt vorbei, wir müssen dir mal einen Ehemann finden. Ja, ja, deine große Liebe! Dass ich nicht lache, Madeleine! Muss es ausgerechnet dieser Kerl sein? Dieser lange Lulatsch mit seinem riesigen Zinken, der dich in kalten Laken durchnimmt? In feuchten Laken. Ein Typ ohne Namen. In Laken, die ihr nicht wiedersehen werdet. Ob er vielleicht was? Nein, meine Liebe. Er wird nicht wiederkommen. Okay, das habe ich auch schon letztes Mal gesagt, aber ist er denn wirklich wiedergekommen? Gut, er war da. Aber war er denn wirklich da? Ja, in dir, hat dich mit seinem Sperma beglückt. Aber sonst? War er in deinen Augen? In deinen Träumen? Na, war er? Steckt er wenigstens in deine Träume die Spitze seiner großen Nase hinein? Ach, jetzt sei doch nicht sauer, Mado! Sei nicht sauer. Wir sagen das nur zu deinem Besten. Ja, geh ruhig, hau ab. Geh und heul deinem Pariser hinterher.

Warten. Versuchen, sich an gestern zu erinnern. Hat der gestrige Tag wirklich stattgefunden? Es gab keine Worte. Nur Leere und diesen Krampf im Bauch. Ist es wirklich einen Tag her? Schweigen und Schmerz, hat das ausgereicht, um die Minuten vergehen zu lassen? Es scheint so, es scheint, dass die Nacht kam, um zuzudecken, was die Sonne grausam an den Tag gebracht hatte: dass da gar nichts war. Kein Gefühl für Madeleine in seinem Herzen. Castellot schien in seiner widerwärtigen Lust ebenso gefangen wie Madeleine in ihrer lächerlichen Liebe. Welche Liebe hätte sie sich denn gewünscht? Liebe, was ist das? Na, Madeleine? Du möchtest, dass er dich anbetet, dass er dich heiratet, dass er mit dir durch die Straßen von Paris stolziert? Wie mit seiner Frau. Dass er dir einen wundervollen Nerz schenkt und ihr in teuren Restaurants speist. Kannst du dir dich in seinem Leben vorstellen, Madeleine? Sie wollte sich nichts vorstellen, und doch schlich es sich in der Nacht hinein, und dann sah sie die andere, groß, schlank, mit einem Lachen, das ihres verdeckte. Und sie sah Castellot, anders, lebendig. Nicht durch diese verdammte Lust betäubt, die ihm die Eingeweide verdrehte. Diese Geilheit, die ihn an Madeleine kettete. Und was, wenn gerade das Liebe wäre? Wenn es dieser geistlose Fick wäre und nicht die hell erleuchteten Straßen von Paris? Paris! Hast du Lust auf Paris, Madeleine?

Paris, für Madeleine bedeutete das die großen Kaufhäuser in der Weihnachtszeit. Einmal im Jahr fuhren sie in die Hauptstadt, zu Onkel Flank. Am 23. Dezember drängten sie sich mit den anderen Leuten vor den erleuchteten Schaufenstern. Es ging darum, irgendwas Glitzerndes zu entdecken. Und sei es nur eine Baumkugel. War nichts Glitzerndes dabei, blieb nur die Kälte, die Schreie der Leute und der Rauch ihrer Zigaretten. Madeleine schubste, drängelte sich an den Mänteln vorbei und wenn sie schließlich Licht zu Gesicht bekam, eine Puppe, die sich drehte, fühlte sie sich lebendig. Sie konnte sich nicht erinnern, zu dem Zeitpunkt noch an den Weihnachtsmann geglaubt zu haben, genauso wenig, wie nicht an ihn geglaubt zu haben. Wie auch an den Märchenprinzen. Zu Kostümfesten ging sie nie als Prinzessin verkleidet. Als Katze oder als Bécassine, das ja. Man hatte ihr nie gesagt, dass sie hübsch sei. Also hatte sie daraus entnommen, es nicht zu sein, und hatte bestimmt recht damit. Heute sagt sie sich, wenn man es ihr nur oft genug gesagt hätte, hätte sie es werden können. Oder hätte glauben können, es zu sein, was auf dasselbe hinausläuft.

Sie erinnert sich noch an jenes Weihnachten, als Onkel Franck, Franck Flank, diesen Namen fand sie urkomisch, sie auf seine Schultern nahm. Auf einmal konnte sie alles sehen. Die Kunstreiterin im Paillettenkostüm, die Runde um Runde ritt, den flockigen Schnee, der in Böen auf die hübschen Ponys fiel, und das Rentier mit beweglichen Gliedern, das immer nur zu lachen schien. Oh! Diese Reiterin, die ihre Runden drehte, war die schön! Madeleine hätte schwören können, dass sie sie anschaute. Madeleine war drei Jahre alt und von einem riesigen Glücksgefühl geradezu überwältigt. Sie konnte alles sehen. Sie war dort oben, sie war etwas Besonderes, die anderen Kinder schauten voller Neid zu ihr hinauf. Sie hat gelacht, gelacht, und dann auf einmal hat das Pipi angefangen, zwischen ihren Beinen zu laufen. Sie wusste, dass es kein guter Zeitpunkt war, aber so war es nun mal. Das Pipi lief über den Rücken von Onkel Flank.

»Oh, die kleine Schlampe, das ist Pisse!« Das waren exakt seine Worte, als er Madeleine, die seinen Mantel beschmutzte, fast hinunterwarf. Madeleines Freude erstarrte. Sie erinnert sich noch an das feuchte Gefühl in ihrer Strumpfhose, die zu gefrieren begann. Wie die Zeit, die stehen blieb. Ihre Cousins, die sie entgeistert anstarren. Ihre Mutter, die sich auf sie wirft. Der Vater, der sich entschuldigt. Franck, der seinen Mantel von sich wirft. Seine Frau, die ihn wieder aufhebt. Ein ganz neuer Mantel. Gut gemacht! Man hatte sie grob ins Auto geschubst. Wunderbar! Bravo, Madeleine! Madeleine, die allen das Fest verdorben hatte. Das ist mir ein schönes Weihnachten! Es lohnt sich richtig, extra nach Paris zu kommen, wenn man auf seinen Onkel pissen kann. Jeder hatte seinen Kommentar abgegeben. Ihre Mutter hat ihr die Strumpfhose bis zu den Füßen runtergezogen. Willst du dich nicht entschuldigen? Nein, sie sagte kein Wort. War ja klar, dieses Kind hat seinen eigenen Kopf, und man weiß nie so recht, was darin vorgeht.

Darin ... In Madeleines Kopf. Sie ließ sie lärmen. Sie ließ sie nutzlosen Dampf mit ihren Mundwerken produzieren, heiße Luft in der Winterkälte. Die Autos hupten. Die Menschen beeilten sich. Es roch nach heißen Maronen und nach Geld, das ausgegeben wurde. Es roch nach schwindelerregender Eile, es roch nach Neid. Madeleine bewegte sich nicht oder fast nicht, bis auf ein leichtes Wimpernzucken. Unten herum war sie nackt. Ihre Mutter hatte sie in ihren Schal eingewickelt. Ihr war kalt. Sie reagierte nicht. Etwas in Madeleines Herz drehte sich weiter mit der kleinen Kunstreiterin. Etwas von ihr war in diesem Schaufenster geblieben, bei den Spielsachen, mit denen man nicht spielte. Mit denen eine kleine Madeleine aus Brest nicht spielt.

Das Auto fuhr nach Hause zurück, Madeleine schaute hinaus, sah sich die Straßenlaternen an und lächelte.

Sie hatte inmitten dieser Menschen, die ihre Familie waren, gelächelt, aber sonst hatte kein anderer daran gedacht, niemand hatte daran gedacht, über das Pipi auf Onkel Flank zu lachen.

Ein Jahr ist lang, denn in einem Jahr gibt es Neujahr. Madeleine hat es mit einem Fernsehmoderator und einigen Starlets in glitzernden Abendroben gefeiert. Madeleine hat eine Flasche Champagner aufgemacht. Sie hatte den teuersten gekauft, den sie finden konnte, um sich eine Freude zu machen, um »sich zu verwöhnen«, wie man so schön in den Frauenmagazinen sagt. Dann hatte sie Schreie aus dem Haus nebenan gehört, Jubelschreie. Sie saß auf dem Boden mit ihrem Champagner. Sie hatte sich hübsch gemacht. Sie hat an ihre Mutter und ihren Stiefvater gedacht, die auf einer Kreuzfahrt waren. Sie hat an Herrn Kerguikou gedacht, der bei seiner Familie war. Sie hat an ihren Vater gedacht, der in der Kiste war. Sie hat an Castellot gedacht. In ihr für immer. Castellot lässt sie nicht im Frieden.

Madeleine fragt sich oft, warum das Wesen aus Fleisch und Blut, das mit den Gesichtszügen von Castellot herumläuft, wirklicher sein sollte als das, was durch ihre Träume geistert. Vielleicht ist sie es, Madeleine, die einen Teil von ihm lebendig erhält, durch die Erinnerungen, die sie an ihn hat und durch die,

die sie sich zurechtlegt. Vielleicht sind wir Gefangene im Gedächtnis von anderen, Gefangene der Wünsche und Träume von Menschen, die unser Gesicht besitzen. Ohne sein Wissen schläft Castellot heute Nacht mit Madeleine, die in ihrem kalten Bett dagegen mault. Sie ist allein, allein mit diesem Gespenst, das sie sich zusammenspinnt, das sie zum Sprechen zu bringen versucht, nur mit dem Klang seiner Stimme, der ihr im Gedächtnis geblieben ist. Und siehe da, weit weg, in einem warmen Land, wo reiche Leute ihre Weihnachten verbringen, denkt Castellot einen Augenblick lang, als er in dem gewohnten Körper seiner Frau aufstöhnt, an Madeleine, an die Befriedigung, die er in dieser Bretonin gefunden hat. Als würden Madeleines Träume Castellots Realität kontaminieren. Heimtückisch. Weil Madeleine klammert. Weil sie nichts anderes macht, den ganzen Tag lang. Erinnerungen wachrufen und fantasieren. Castellot, Castellot, Castellot. Wie ein kleines Kastell, das eine Magenverstimmung von zu vielen Madeleines hat. Eine Hochzeitspyramide aus Madeleines, die in Butter schwimmt, die zusammenkracht und in Stücke bricht. Wie der Bauch von einem Fettwanst. So sieht Castellots Herz aus. Seine Frau ist nach wie vor schön, und seine Kinder sind wohlerzogen, und die Innenausstattung seiner Wohnung ist vollendet. Und Castellot hängt es zum Hals heraus. Madeleine. Madeleine schaut sein Leben an und drückt beide Augen zu. Er versucht ihren Vornamen zu vergessen, den Geruch der Gischt, die Kaninchen, die durch den Garten jagen. Er sagt sich immer wieder, dass er nicht an sie denkt. Er hat keine bestimmte Erinnerung, an das Gesicht etwa, nicht einmal die Erinnerung an ein Gefühl. Es ist eher wie ein Bedürfnis, so wie der knurrende Magen, wenn man Hunger hat. Wieder in Paris, lässt Castellot die Einladungen zum Essen über sich ergehen. Ein Teil von ihm spricht über Politik, lächelt den Damen zu, ein Teil ist lebendig, der andere wartet ab. Man verlässt seine Welt nicht für eine etwas füllige Bretonin, mit der man drei Worte gewechselt hat und eine halbe Stunde Sex hatte. Man weint einer hässlichen Geschichte nicht hinterher, einem Hintern im unbarmherzigen Tageslicht. Man weint nicht, wenn alles in Ordnung ist. Warum sollte er sich ein anderes Leben wünschen? Warum diese Last auf dem Herzen, woher dieser Drang zu laufen, sich zu verstecken, woher diese Antriebslosigkeit? Dieser Wunsch nach Tränen, die nicht kommen wollen.

Zum Jahreswechsel gab es ein Festessen mit Freunden. Sie waren vierzehn. Sieben Paare, die das Gleiche wählen. »Es war herrlich!« Die Gänsestopfleber, die Austern, die Gedecke und der Kronleuchter … Alles glänzte. Nur nicht die Augen von Antoine Castellot.

Es ist Sonntag. Der Tag von Pépé Jacques. Madeleine erlebt das Ende einer *Cats*-Probe mit. Jacques schreit Rose an, eine Pflegerin, der es an Sinnlichkeit mangelt. »Sie alte Jungfer, Sie!« Skandal. Pépé Jacques hat wieder zugeschlagen. Man gibt ihm Beruhigungspillen. Er protestiert: »Wir sind hier doch nicht in der Klapse! Wenn ein Regisseur keine Metaphern mehr benutzen darf, bedeutet das den Tod der Kunst. Ich hatte einen der Bee Gees auf meiner Toilette, jawohl, gnädige Frau, ich bin keiner von den alten Säcken, die sich einscheißen und dann von Ihren nicht sinnlichen Händen abgeputzt werden müssen!« Er nimmt es wirklich ernst, dieses Greisentheater, bei dem die alten Leute mit großer Wahrscheinlichkeit zum letzten Mal singen werden. Madeleine schafft es, dass man ihm keine Beruhigungsspritze verpasst. Sie beruhigt ihn mit ihrer Stimme. Pépé Jacques weiß nicht, ob die Show rechtzeitig fertig wird. Er singt *The show must go on*, dann setzt er sich in seinen weichen Sessel.

»Wirst du kommen, Madeleine?«

Natürlich kommt sie. Sie hatte noch nie eine Vorstellung versäumt.

»Kommst du mit einem Freund?«

»Und du, Pépé Jacques, hast du eine Freundin?«

»Eine Freundin, hier? Schön wär's, aber sie erlauben uns hier kein Viagra, diese Arschlöcher. Zu riskant, zu teuer. Zu viel Angst um ihre sauberen Bettlaken. Und überhaupt, wenn ich mir bloß eine nicht sinnliche Pflegerin genehmigen kann, dann verzichte ich lieber! Bist du jetzt schockiert, Mado?«

Nein, sie lacht. Sie lacht, und es tut ihr gut. Sie hatte

ihm versaute Magazine und eine Schachtel Schokolade mitgebracht, so wie er es wollte.

»Weißt du, was mir Freude machen würde, Mado? Mit dir zusammen Tandem zu fahren. Du würdest vor mir sitzen, im Rock, der Wind würde ihn hochwehen, und ich könnte ein Stückchen von deinen Schenkeln sehen.«

»Es ist gar nicht so einfach, an ein Tandem zu kommen, Pépé Jacques.«

»Dann zieh wenigstens deinen Rock ein bisschen höher.«

Wieder lacht sie. Wenn sie auch nur daran gedacht hätte, dem Wunsch des alten Mannes nachzukommen, hätte er ihr eine Ohrfeige verpasst. Er spielt nur den alten Perversling, um nicht über den Tod zu sprechen, der ihn jede Nacht schweißgebadet aufwachen lässt und der ihn eines Tages überhaupt nicht mehr aufwachen lassen wird.

Zur gleichen Zeit, in einem anderen Altersheim etwa hundert Kilometer entfernt, knöpft Rémi Kerguikous Mutter ihrem Sohn den Mantel bis oben hin zu. Sie ermahnt ihn, vorsichtig zu sein, wenn er die Straße überquert. Rémi küsst seine Mutter auf die Wange. Sie riecht nach Moder. Er denkt, dass er gern eine andere Haut auf seiner Wange spüren würde.

Rémi Kerguikou fing kurz nach Weihnachten an, in die Immobilienagentur zu kommen. Sein Cousin,

Madeleines Chef, hat ihn ihr mit der besonderen Betonung auf »er lebt auch allein« vorgestellt. Rémi Kerguikou trägt seine Cordhosen zu kurz und seinen Scheitel auf der Seite. Schildpattbrille. Viel Zeit, weil wenig Freunde. Rémi wohnt jetzt allein. Er sucht noch nach einer passenden Wohnung. Vorher hatte er sich sehr viel um seine Mutter gekümmert, aber der Familienrat hat beschlossen, dass Odette Kerguikou, geborene Goaslec, in ein medizinisch betreutes Altenwohnheim in Nantes ziehen sollte. Es war nicht einfach, sich auf Nantes zu einigen, weil es »nicht mehr wirklich zur Bretagne« gehört. »Wir können sie da doch nicht sterben lassen.« »Wer sagt denn, dass sie sterben wird?« … Aber nach gut zwei Jahren Diskussion hat Rémi mit siebenundvierzig Jahren den Sprung ins kalte Wasser gewagt. Er hat seine Mama und alle ihre Koffer in seinen Clio gepackt, ins Heim gebracht und versprochen, sie jeden Sonntag zu besuchen. Rémi hat sein Wort gehalten. Vier Sonntage, vier Besuche. Rémi hat Humor. Besonders gern mag er den Komiker Laurent Gerra, dessen Shows er sich im Fernsehen ansieht. Rémi Kerguikou hat politische Ansichten. Er liebt Frankreich. Er liebt die richtigen Franzosen. Die, die weiß sind, keine intensiv riechende Nahrung zu sich nehmen und katholisch sind. Rémi Kerguikou will erst eine Frau finden, bevor er mit dem Golfspielen anfängt. Er sammelt Fotos der schönsten Golfplätze rund um die Welt. Rémi hat sein Geschlechtsteil nur wenig benutzt, es ist sozusagen »aus erster Hand«. Die wenigen Inspektionen bei einer Prostituierten (immer derselben) nicht mitgezählt. Rémi erfreut sich guter Gesundheit. Er trinkt wenig. Sowohl Alkohol als auch Wasser. Dennoch ist seine Schweißabsonderung auf der Stirn ausgiebig und gut sichtbar. Rémi liebt lange Spaziergänge, Labradore und Zahnpasta mit Kräutergeschmack. Rémi Kerguikou hatte Madeleine begrüßt und zu seinem Cousin hinübergeschaut, als wollte er sagen: »Ist in Ordnung, nehme ich«, als hätte er gerade eine Probefahrt gemacht. Zu Beginn des Jahres hat er ihr Stopfleber mitgebracht. Man könnte ja zusammen im Büro eine Kleinigkeit naschen. Er hat sogar an Wein gedacht. Gern, aber nicht zu lange, sagt Madeleine, die eine Besichtigung hinter sich hat. Er ist ganz nett, dieser Cousin, er macht ihr sogar mundgerechte Häppchen fertig. Er ist aufmerksam. Doof, aber aufmerksam. Er will über seine Mutter sprechen, über die Sonntagsbesuche. Madeleine zieht eine Parallele zu ihren Besuchen bei Pépé Jacques. Sie lachen über die Gerüche, die Gebissgläser, die blauen Haare der Alten. Sie entdecken Gemeinsamkeiten in ihrem tristen Alltag, in der angsteinflößenden Zukunft. Rémi ist ein netter Kerl, er hat aus dem, was das Leben ihn geboten hat, das Bestmögliche gemacht. Sein Vater war gegangen, als er noch ein Baby war. Rémi ist von ihm nur ein kleines Foto geblieben. Er sieht ihm nicht einmal ähnlich. Seine Mutter hat ihn immer als ein Schwein beschrieben, das sie mit einem Kind sitzen gelassen hat, sie hat nie präzisiert, dass er sie vorher mit seinem besten Freund im Bett erwischt hatte. Der Freund hatte sie dann geheiratet und später auch das Weite gesucht. Die Männer blieben nicht lange bei Rémis Mutter. Brünett, mager, mit dicken Brillengläsern, hinter denen die schielenden Augen blitzten und ihr ein lüsternes Aussehen verliehen. Dominant, bissig, energischer Befehlston. Am Anfang gab sie den Männern das Gefühl, dass hinter ihrer Schweigsamkeit und ihrem Herumkritteln etwas Geheimnisvolles steckte. Sie zu heiraten war wie Mitglied in einem Klub für besondere Geschmäcker zu werden, in einem Klub für Intellektuelle. In Wirklichkeit war sie eine ungebildete, gemeine Frau, die auch noch schlecht kochte. Sie hielt ihren Sohn jahrzehntelang mit Schuldgefühlen bei der Stange und hinderte ihn daran, ein eigenes Leben zu führen. Die Beziehung zu seiner Mutter ließe sich am ehesten mit dem Stockholm-Syndrom beschreiben, er hätte seine Peinigerin gern weniger geliebt.

Ein Jahr ist lang, weil es kalte Monate hat. Im Februar kommt Madeleines Mutter zu Besuch. Sie ist in die Bretagne gekommen, um ein paar Dinge zu regeln. Sie versteht Madeleines Einsamkeit nicht. Sie will ihr Tipps geben, wie man sich einen Mann angelt und ihn behält. Madeleine muss während des Essens die Geschichten ihrer Mutter über sexuelle Tricks und Kniffe und ihr Augenzwinkern über sich ergehen lassen.

»Siehst du Mado, wenn du das so machst, können sie nicht widerstehen. Und wenn du erst einen an der Angel hast, schleifst du ihn vor den Altar.«

Madeleine schafft es einfach nicht, eine Beziehung zu dieser Frau aufzubauen. Wenn sie sich ihren Bauchnabel ansieht, findet sie es unglaublich. Wo ist die Nabelschnur geblieben? Madeleine hätte sich gewünscht, ihr gegenüber Zuneigung zu empfinden, gute Seiten an ihr zu entdecken, Vergnügen daran zu finden, mit ihr zusammen zu sein, aber nichts davon stellt sich ein.

»Es ist verrückt, wie sehr du deinem Vater ähnelst. Schade, dass er tot ist, ich kann wirklich nichts Schlechtes über ihn sagen.«

Madeleines Mutter lächelt, wenn sie gemeine Dinge sagt. Sie lächelt oft. Sie will nicht, dass Madeleine ihr ähnlich sieht, sie findet es unerträglich. Sie hat immer noch schöne, gepflegte Haare. Sie erzählt Madeleine die neusten Ereignisse aus ihrem Leben, dass sie oft Kreuzfahrten macht, und ach, übrigens, Janou ist tot, wusstest du das, dass sie eine Affäre mit dem stellvertretenden Polizeipräfekten hatte und dass ihr Mann darüber hinwegsieht, weil sie ihm damit Verwarnungsgelder erspart. Madeleine würde gern über wichtige Dinge mit ihrer Mutter sprechen, aber es fällt ihr nichts ein. Gibt es überhaupt etwas, was dieser Familie wichtig ist? Ihre Mutter schläft im Zimmer der Großmutter. Madeleine bleibt noch stundenlang im

Wohnzimmer sitzen, wie um einen Abstand herzustellen. Sie gehen nicht zur gleichen Zeit schlafen. Dann, gegen Mitternacht, geht sie an ihr Bett und betrachtet sie. Ihre Mutter sieht besser aus, trotz ihres Alters. Sie ist rundlich, aber nicht unförmig, ihre Haut ist immer noch glatt. Einen Moment lang denkt Madeleine daran, sie zu erwürgen. Sie tritt näher heran, dann fängt ihre Mutter an zu schnarchen, und gerührt deckt Madeleine sie bis zum Hals zu. Wieso musste sie ausgerechnet in diesem Bauch landen?

Am folgenden Tag bricht die Mutter mit einem Vorrat an Crêpes wieder in den Süden auf. Sie schlägt Madeleine nicht vor, mitzukommen oder sie eines Tages zu besuchen. Madeleine denkt, dass sie die Mutter erst zu ihrem Begräbnis wiedersehen wird, unter dem Gesang der Zikaden.

Ein Jahr ist lang, weil Madeleine in einer Stadt ohne Jahreszeiten lebt. Im März beschließt Madeleine einen Urlaub zu buchen. Sie betritt ein Reisebüro.

»Welches Reiseziel schwebt Ihnen vor, Mademoiselle?«

»Ich denke, irgendwas im Ausland«, antwortet sie.

»Wir haben zur Zeit günstige Angebote für Schottland.«

Schottland … sie weiß nicht so recht. Der Typ schlägt auch Irland vor. Sie fragt sich, ob er sie veräppeln will.

»Etwas Exotischeres wäre ganz schön.«

»Die Vegetation ist komplett anders und auch die Architektur, Sie wären überrascht.«

»Ja, vielleicht, aber der Regen ist der gleiche«, entgegnet Madeleine.

»Das bedeutet also, wir suchen etwas in der Bikini-Zone … Lassen Sie mich einmal im Computer nachschauen.«

Griechenland wäre vielleicht etwas für sie. Eine Insel, die mit os aufhört, Mykonos, Kliketos, so was in der Art. Ein Fischerhafen, Tsatsiki und blaue Fensterläden. Sie bucht eine Woche im Mai. Samstag bis Samstag, ab Brest, Charter.

»Ist die Reise billig, wird die Rückkehr fröhlich.«

Lächeln.

Der April steht im Zeichen der Suche nach einem Badeanzug. Einteiler, schwarz. Sie findet keinen. Sie sucht, sie probiert an. Eine Verkäuferin will sie überreden, einen Badeanzug Modell »Triangel« zu nehmen. Madeleine sieht darin wie geschmolzene Toblerone-Schokolade aus. Sie klappert mehrere Geschäfte ab. Sie fährt sogar bis nach Quimper. Damit ist sie eine Weile gut beschäftigt. Sie stellt die Reiseapotheke zusammen. Und sie hat einen Lieblingstraum: Brandon Bradley wird auch da sein. Er wird ihr zulächeln. Eines Tages wird er sie fragen, ob der Platz am Tisch noch frei sei, und wird sich neben sie setzen. Er wird geistreich sein. Sie werden ausgelassen miteinander lachen. Sie werden heiraten.

Madeleine bekommt einen Blumenstrauß von Rémi Kerguikou geschenkt. Sie atmet den Duft ein. Sie ist dagegen allergisch. Zwei Tage Krankenhaus. Rémi ist verwirrt, er schickt Pralinen ins Krankenhaus.

Im April ist Pépé Jacques beschwingt, sein Katzenhals wackelt rhythmisch. Im Heim ist was los. Im Juli soll *Cats* aufführungsreif sein. Madeleine sieht sich das Ende der Probe heimlich an. Sie hat sich hinter dem Vorhang in der Kantine versteckt. Sie ist gerührt, dass Pépé Jacques Regie führt, auch ein bisschen stolz, wie die Mutter eines Kindergartenkindes. Die Kostüme sind von Mademoiselle Berthe genäht worden, sie war früher einmal Hilfsnäherin in einem Pariser Atelier und hat nun Eugénie angelernt, die sich den ganzen langen Tag dafür beschimpfen lässt, dass sie noch am Leben ist. Zusammen haben sie zwölf grauenvolle, aber quietschbunte Kostüme genäht. Die Musik ist zu Ende, die Akteure erstarren für einen Moment in ihren Schlussposen. Jeder hört Applaus in seinem Kopf. Dann fällt unter den aufgebrachten Blicken von Pépé Jacques ein alter Mann hin. Zwei Pflegerinnen helfen ihm auf und geben damit das Aufbruchsignal.

Jacques mustert Madeleine. Lange.

»Hallo.«

Dann schleudert er ihr eine Bosheit nach der anderen entgegen. Zuerst noch verhalten, dann immer lauter, schließlich außer sich vor Zorn. Er beleidigt Madeleine. Er fragt sie, was sie hier jeden Sonntag zu suchen habe. Habe sie nichts Besseres zu tun? Könne sie nicht endlich einen Kerl finden, statt sich hier mit ihren Spinnweben zwischen den Beinen herumzudrücken. Könne sie ihn nicht in Ruhe abkratzen lassen? Kinder in die Welt setzen. Aufhören, nett und nützlich sein zu wollen. Aufhören, ihm Vaseline und das sonstige blöde Zeug zu kaufen! Könne sie nicht endlich anfangen zu leben? Wenigstens um seinetwillen, aus Respekt für die, die keine Wahl mehr haben.

Madeleine hat nach unten geschaut. Sie hat zu schniefen angefangen wie ein Teenager.

Er hat ihr befohlen, sich vom Acker zu machen und nicht mehr wiederzukommen.

Madeleine ist aufgestanden. Sie hatte Melodiefetzen von *Cats* in den Ohren. Sie hat die kleine Tüte mit dem Gebäck, das sie für Pépé Jacques gekauft hatte, auf den Tisch gelegt und ist hinausgegangen.

Der alte Mann hat eine komische Grimasse gezogen. Er hat sich fast an seinem Gebiss verschluckt. Dann hat er noch einige Beleidigungen in seinen Bart gemurmelt, um nicht zu weinen. Er war rot vor Ärger und vor Scham.

Im Gang stand eine peinlich berührte Pflegerin, die alles mit angehört hatte.

»Er hat schlechte Laune, weil die Vorstellung näher rückt«, versuchte sie sich für ihn zu entschuldigen.

Im Auto dachte Madeleine, hoffentlich bleibt der alte Mann lange genug am Leben, um sie am Arm eines

Mannes zu sehen, mit zwei Kindern im Schlepptau, die ihm auf die Nerven gehen würden.

Sie fuhr die Küstenstraße entlang. Sie wäre gern ins Meer getaucht, um sich darin aufzulösen. Und das Salz auf der Haut zu spüren. Sie dachte an Castellot. Sie dachte, sie könnte schwimmen lernen, um ihn damit zu überraschen, wenn er wiederkommt. Dann hat sie sich geschämt, es gedacht zu haben. Plötzlich hatte sie das Gefühl, dass sich alle über sie und ihren beschmutzten Körper lustig machten. Castellot wird nicht wiederkommen.

Es ist eine Crêperie, die von Chinesen geführt wird. Man kann hier auch Nems und einige Gerichte mit Curry und gebratenen Nudeln bekommen. Auf der Speisekarte stehen Nummern. Die Buchweizen-Crêpe mit Butter und Zucker ist die 18, und die mit Cidre die 42. Mitten im Raum ist eine kleine Bühne, auf der man sich zu zweit vor einem kleinen Bildschirm drängen und den vorbeiziehenden Karaoke-Text ablesen kann. Das Standmikrofon riecht nach 26, weil da mächtig viel Knoblauch drin ist.

Auf den Tischen liegen Schnellhefter, aus denen man die Lieder wählen kann. Es gibt ein paar große Tische und zwei kleine. An einem davon sitzt ein Typ, allein, er ist zum Singen gekommen. Er isst die 12 und wartet auf Hugues Aufray, den er bestellt hatte. Mit der 12 wärmt er schon mal die Stimmbänder vor.

Die Kerguikous sind aufgekratzt. Das ist der Abend des Monats. Wenn sich die Eheleute Kerguikou vorstellen, ihr Cousin könnte vielleicht bei Madeleine landen, wirkt das auf ihre Libido wie ein Aphrodisiakum.

Heut Abend wart ich auf Madeleine
Ich hab ihr Flieder mitgebracht
Woche für Woche bringe ich Flieder
Denn Madeleine liebt es so sehr
Heut Abend wart ich auf Madeleine
Dann nehmen wir die Bahn ans Meer
und essen Fritten bei Eugène
Denn Madeleine liebt es so sehr

Rémi wackelt mit dem Kopf von rechts nach links, im Rhythmus. Außer dem Schweiß erinnert nicht viel an Jacques Brel. Er schaut Madeleine in die Augen. Er denkt: Ich werde heute in ihr sein. Ich werde in ihren Kopf hineinkriechen, in ihre Seele, in ihren Schoß. Ich bin stark. Ich bin ein Mann. Ich glaube daran. Ich singe. Ich existiere. Er stellt sich entschlossen auf die kleine Bühne des Restaurants. Er ist lächerlich, sein Hemd ist bis oben hin zugeknöpft. Obwohl er sich gerade rasiert hat, ist noch ein schmutziger Schatten seines speckigen Bartes zu sehen. Er hat Schuppen. Schade, denn er hat etwas Animalisches an sich, das verführerisch sein könnte.

Madeleine, sie ist mein Weihnachten
(...)
Auch wenn sie zu gut für mich ist
Wie ihr Cousin Joël zu sagen pflegt
(...)
Sie ist all das und vieles mehr

Madeleine ist peinlich berührt. Was, wenn ihr nur noch das da bliebe? Wenn ihre letzte Chance, einen Schwanz zwischen den Beinen zu spüren, er wäre? Castellot wird nicht wiederkommen. Er wird nie wieder zurückkommen, und Madeleine wird älter. Er wird nicht kommen. Ihre Tränen fließen über die Wangen und tropfen auf die Papiertischdecke. Jetzt habe ich sie, denkt Rémi. Ich hab's geschafft. Sie ist gerührt. Ja, Rémi hat recht. Ihre Verzweiflung ist groß. Sie sagt sich, ich werde mit ihm ins Bett gehen, Trauer tragen um das Leben, das ich mir vorgestellt habe. Als würde ein Pfahl meine Jungmädchenträume in die Tiefe meines Bauches rammen und dann wieder hinaus. Er wiegt sich zur Musik, er glaubt, dass die Musik in ihm ist, dass er die Musik ist. Wenn seine neuen Schuhe ihn nicht so sehr drücken würden, würde er vielleicht davonfliegen. Er schlägt mit den Armen wie mit Flügeln.

Sie ist mein Leben
Madeleine, auf die ich warte

Sie hat Hunger und isst eine Nem-Rolle, er sieht darin ein Phallussymbol. Sie lächelt ihm zu, weil sie sich für ihn schämt, er sieht darin eine Ermunterung. Sie wippt mit dem Fuß, weil sie ungeduldig auf den Schluss wartet, er sagt sich, dass sie seine Stimme mag. Rémi ist selbstsicher. Er ist das Zentrum der Welt. Er ist ein Star.

Heut Abend wartete ich auf Madeleine
Aber ich musste den Flieder wegwerfen
Ich hab ihn weggeworfen wie jede Woche
Madeleine wird nicht kommen
(…)
Sie ist mein Amerika …

Und wenn er Amerika sagt, glaubt er daran. Er glaubt an das Symbol, weil, Amerika an sich mag er nicht so gern, es ist zu weit weg. Er geht ganz in seinem Lied auf. Er setzt falsch ein, genauso falsch, wie er singt. Er ist hässlich, hässlich, sehr hässlich.

Oh, die letzte Bahn ist weg

Er ist ihre letzte Bahn, ihre letzte Chance. Sie wird zwischen einem leeren Bahnsteig und einem verregneten Reiseziel wählen müssen. Na ja, wenigstens hat er Arme, er wird sie warm halten.

Bei Eugène wird geschlossen
Madeleine wird nicht mehr kommen
Sie ist so wunderschön
Sie ist alles das und viel mehr
Sie ist mein Leben
Madeleine, die nicht kommen wird
Morgen werde ich wieder auf Madeleine warten
Ich werde ihr Flieder mitbringen
Ich werde die ganze Woche lang Flieder mitbringen
Sie wird es lieben, meine Madeleine

Ja, mit ihr zusammen könnte es ein Morgen geben. Eine andere Frau als seine Mutter, um ihn zu lieben. Die ganze Familie Kerguikou klatscht mit. Ein Riesenspektakel. Rémi, der Pfau, hampelt herum, und der Rest der Vogelwelt spendet Beifall.

Wie ihr Cousin Gaspard zu sagen pflegt

Schon komisch, sie glaubt sich zu erinnern, tatsächlich einen Cousin Gaspard zu haben. Der Sohn aus der ersten Ehe von Pépé Jacques, den sie nie kennen gelernt hatte. Der, den sein Vater verlassen hatte und der wahrscheinlich niemals das unglaubliche Glück haben wird, die *Cats*-Vorstellung im Heim mitzuerleben.

Morgen werde ich wieder auf Madeleine warten
Wir werden ins Kino gehen

Ich werde ihr »Ich liebe dich« sagen
Sie wird es lieben, meine Madeleine

Ja, vielleicht wird sie es lieben. Sie muss es technisch betrachten. Der Kolben, der sich in den Zylinder schiebt. Sie muss es nur praktisch betrachten. Sie ist schon ein wenig eine Kerguikou. Jeden Morgen in der Immobilienagentur. Ja, da muss sie jetzt durch. Nur nicht nachdenken, sie muss sich nur volllaufen lassen. Sich von den »Ich liebe dich« mit bretonischem Akzent einlullen lassen. Sich von Cordhosen und schmutzigen Hemdkragen zu Tränen rühren lassen.

Was sie auch tut. Familie Kerguikou lächelt. Man geht hinaus auf die Straße. Madeleine hat getrunken, wirklich viel getrunken, zu viel, hi hi, darüber muss sie lachen, Frau Kerguikou auch, entschuldigen Sie bitte, Herr Kerguikou. Aber nicht doch, Madeleine! Heute wollen wir uns doch amüsieren. Solange Sie nicht beschwipst sind, wenn Sie sich um einen Kunden kümmern! Ha ha. Feistes Lachen. Idioten, denkt sie, aber sie lässt es mit sich machen, Madeleine wählt das verregnete Reiseziel. Sie fürchtet sich zu sehr vor einem leeren Bahnsteig.

Rémi hält ihr die Autotür auf. Sie steigt ein. Er fährt los. Er fährt zügig zu ihr nach Hause. Er will ihr seine Kraft zeigen. Sie hat Mühe, den Schlüssel ins Schloss zu stecken. Sie spürt seinen Atem im Nacken. Er drückt sich an sie. Sein Glied ist steif, er drückt sich an sie.

Es ekelt sie an, aber ihr Ekel erregt ihn.

»Möchten Sie etwas trinken, Rémi?«, fragt sie, um das Unabwendbare hinauszuschieben.

Komisch, normalerweise sieht ein Rémi gut aus. Es gibt Vornamen, deren Träger einfach gut aussehen. In ihrer Schule gab es einen Rémi, der sah unglaublich gut aus, später war er auch auf ihrem Gymnasium. Dieser hier, Rémi Kerguikou, dürfte nicht das Recht haben, Rémi zu heißen.

»Ihre Lippen will ich trinken, Madeleine«, sagt Rémi zitternd, er ist angetrunken.

Sie bricht fast in irres Gekicher aus, nähert sich ihm aber. Eine Männerstimme war schon seit Jahren nicht mehr bei ihr zu hören. Ihr Haus ist sexfrei, lustfrei. Seine Lippen beben. Das berührt sie, und außerdem die ungeschickten Hände von Rémi, dem Unschönen.

Er geht ihr unter den Rock, reibt ihre Schenkel. Sie nimmt seine Hände und legt sie sich auf den Arsch, sie versucht ihm begreiflich zu machen, dass sie festgehalten werden will, dass sie es heftig möchte. Wenn er ihr zu viel Spielraum lässt, wird sie womöglich noch abhauen, ihn von sich stoßen.

Sie sind in Madeleines Wohnzimmer, nackt. Rémi dringt in sie ein und stöhnt röchelnd auf. Er hat es bisher nur mit Huren gemacht. Er hat keine Ahnung, wie es geht. Ob es anders ist mit einer Frau, die man heiraten will. Und es dauert. Madeleine wundert sich. Sie will ihn da raushaben, ihn am liebsten wegschieben.

Dieser fremde und schwerfällige Körper, der sie immerzu rammt, ist ihr widerwärtig. Und doch kommt sie, einige Augenblicke später, und Rémi auch.

Sie schläft neben ihm im Wohnzimmer ein, mit heruntergelassenem Slip. Sie wird von etwas geweckt, das sie bisher noch nicht kannte. Von einer Art schwachem Lebenszeichen, einem Schwindelgefühl irgendwo zwischen Traum und verkorkster Wirklichkeit. Sie hat getrunken, sie ist völlig fertig. Sie ist sich nicht sicher, ob sie wirklich ins Bad geht, aber sie merkt, dass etwas passiert. Sie sieht den Weg, sie sieht halbwegs ihre Füße, sie sieht, dass es an Licht fehlt. Aber im Spiegel sieht sie sich nicht, da ist nichts mehr. Nichts als das verhasste Spiegelbild der Frau, die sie hätte werden können, die sich nie im Spiegel zeigen wird.

Einige Stunden später wird es allmählich hell auf ihren Gesichtern. Rémi war noch nie zuvor mit einer Frau neben sich aufgewacht. Er hatte nie genug Geld, um sie bis zum Morgen zu bezahlen. Madeleine macht Kaffee. Sie hat einen schlechten Geschmack im Mund und so wird es auch bleiben. Sie möchte diesen Mann abschrecken, er soll sie genauso abstoßend finden wie sie ihn.

»Guten Morgen, Madeleine.«

Sie antwortet mit einem gemurmelten Gruß ohne Vornamen. Sie will seinen Namen nicht aussprechen, sie will die Wahrheit nicht wahr werden lassen. Sie denkt an Castellot.

»Wenn die anderen das erfahren …«

Sie bietet ihm Kaffee an statt ihrer Lippen.

»Ich werde zu spät kommen.«

»Sie werden es Ihnen, sie werden es dir nicht übel nehmen, Mado«, versichert er mit einem hässlichen Lächeln.

Wieso nennt er sie so? Haut er jetzt endlich ab oder was? Sie lässt große Gesprächslücken entstehen. Sie will, dass es ihm unerträglich peinlich wird. Er streichelt ihr über das Haar. Als hätte er sie vergewaltigt, er macht ihr Angst.

Dann geht er endlich. Er wirft ihr einen letzten Blick zu. Er glaubt, dass sie verliebt ist. Wenn er pfeifen könnte, würde er auf dem Weg zu seinem Wagen liebend gern *Madeleine* anstimmen.

Madeleine duscht mehrmals und zieht eine weite Hose und eine weiße Bluse an. Sie kommt zu spät zur Arbeit. Die Familie Kerguikou strafft sich, übt sich in Schweigen und versucht sich das Lächeln zu verkneifen. Sie sind alle aufgekratzt, wie Teenager, die im Geheimen einen Pornofilm geguckt haben.

Sie sagen nichts. Madeleine fühlt ihre schweren Blicke auf sich. Am liebsten würde sie alles hinschmeißen, hinausgehen. Sie fühlt, dass sie rot wird. Sie schämt sich. Sie würde jetzt das Zirpen der sterbenden Zikaden dieser Stille vorziehen.

Sie steht auf, macht Kaffee. Das Telefon klingelt. Das Leben geht weiter. Madeleine zwingt die Realität des gestrigen Abends, sich zu verkriechen, zwingt sie, nicht wahr zu sein, sondern nur zu einem bestimmten Zeitpunkt passiert zu sein.

Madeleine hat nicht vor, Rémi wiederzusehen. Castellot ist in ihren Gedanken mehr denn je. Als ob sie ihn betrogen hätte.

Eine Stunde später ruft Rémi auf ihrem Handy an. Sie geht nicht dran. Dann im Büro. Sie würgt das Gespräch ab. Dann bei ihr zu Hause, sie sagt ihm, dass sie ihn nicht wiedersehen will und legt auf.

Rémi denkt an Madeleine, überlegt, was er falsch gemacht hat. Er heult hemmungslos wie ein Kind. Hat sie vielleicht Angst, zu sehr zu lieben? Es zerfrisst ihn innerlich, er kann nicht mehr essen. Er hört den ganzen Tag Michel Sardou, rauf und runter. Er leidet. So fühlt sich also Liebeskummer an? Er vergisst darüber sogar, seine Mutter zu besuchen. Sie ruft beim Cousin Kerguikou an, der die Lage erklärt, und sie trägt ihm auf, alles wieder ins Lot zu bringen. Herr Kerguikou gehorcht. Er zitiert seine Angestellte in sein Büro, aber der Mangel an Interesse, mit seinem Cousin zu schlafen, ist kein Kündigungsgrund, und Madeleine verlässt den Schauplatz erhobenen Hauptes.

Als Madeleine acht Jahre alt war, wollte ihr Stiefvater sie zwingen, Kalbsleber zu essen. Allein vom Geruch wurde ihr übel. Er sagte, wenn sie es in den Mund nähme, würde es »wie von alleine runterrutschen«. Madeleine weigerte sich. Es geschah im Beisein vieler

Zeugen bei einem großen Familienessen. Sie hatte sich noch einmal geweigert. Ihr Stiefvater hat dann gesagt, sie müsste so lange sitzen bleiben, bis sie ihre Kalbsleber aufgegessen habe. Um sechzehn Uhr lachten die Gäste im Garten über sie und zeigten auf sie mit den Fingern durch das Fenster. Um achtzehn Uhr kamen sie zu ihr, um sich zu verabschieden. Um neunzehn Uhr fragte ihre Mutter:

»Soll ich es für dich aufwärmen?«

Um zwanzig Uhr wurde um sie herum zu Abend gegessen. Madeleine hatte Hunger. Um dreiundzwanzig Uhr ist ihr Stiefvater, der vorher noch gelacht und gehöhnt hatte, komplett ausgerastet. Er wollte sie dazu zwingen, den Mund aufzumachen, und hat ihr die Kalbsleber im Gesicht zermatscht, sie hat sie sogar in die Nasenlöcher bekommen. Sie weinte, und ihre Tränen schmeckten scheußlich nach Kalbsleber. Ihre Mutter hatte ihr das Gesicht abgewischt und gesagt:

»Du hast dich da ganz schön in etwas hineingeritten.«

Später dann, Madeleine muss etwas über zwanzig gewesen sein, ging sie allein in ein Restaurant. Es war Sommer, sie erinnert sich, unter dem Tisch ständig an ihrem zu kurzen Rock gezupft zu haben, um ihre Beine vor unliebsamen Blicken zu schützen. Sie bestellte Kalbsleber und aß sie unter Tränen auf. Danach erbrach sie sich auf der Toilette. Sie weiß nicht, warum sie das getan hat.

Zwei Nächte vergehen, Rémi klingelt jeden Abend mit Blumen in der Hand an der Tür, und legt sie schließlich auf der Türmatte ab. Madeleine macht nicht auf. Sie schaltet den Fernseher und das Licht aus und versteckt sich im eigenen Haus. Am dritten Abend will sie zu dem Zeitpunkt woanders sein. Sie hat Angst. Also lädt sie die Änderungsschneiderin, die sie auf dem Bürgersteig aufgelesen hatte, zum Essen ein. Sie will sie abholen und mit ihr in ein gutes Fischrestaurant gehen. Madeleine hört Schritte, sie kommen näher. Sie hat Angst, geht schneller.

»Madeleine! Madeleine!«

Es ist Rémi. Er will verstehen.

»Madeleine! Du gehst nie ans Telefon. Was habe ich falsch gemacht?«

Madeleine ist diese Situation völlig fremd. Wie alle Menschen, die zum ersten Mal geliebt werden, ist sie grausam zu Rémi. Sie entdeckt das Vergnügen daran und das daraus entspringende schlechte Gewissen. Sie hat keinen Respekt vor Rémi Kerguikou. Ein Kerl, der sich in sie verliebt, kann nicht ganz bei Trost sein. Er versteht es nicht, und liebt sie, da er zum ersten Mal liebt, umso mehr.

Sie vergisst ihn während des Essens. Die Schneiderin ist gut gelaunt, sie trinken Weißwein und schlürfen Austern. Sie haben einen gemeinsamen Bekannten, Brandon Bradley. Die Fernsehserie bietet ausreichend Gesprächsstoff für eine angeregte Unterhaltung.

Als sie das Restaurant verlassen, wartet Rémi immer noch an der Ecke. Madeleine rennt bis zum Auto. Sie hat Angst vor Rémi, aber er füllt ihre Tage aus. Die restliche Zeit vergeht in Stille, farblos.

An diesem Morgen blättert Castellot in einem halbleeren Fotoalbum. Da ist ein Foto seiner schwangeren Mutter. Sie sieht ernst aus, als wüsste sie schon, dass sie Antoine niemals kennen lernen würde. Dann ein Foto von seinem Vater mit Bart, er hält ihn an der Hand, während er seine ersten Gehversuche macht. Sein sechster Geburtstag bei einer Tante. Ein Passfoto, das Antoine und sein Vater in einem alten Fotoautomaten gemacht haben. Sie sind beide drauf, Antoine mit einem Pottschnitt. Ein Foto von Antoines Hochzeit. Sein Vater hält sich im Hintergrund, er scheint sich nicht besonders wohl zu fühlen, er ist nicht so elegant wie die Eltern seiner Frau. Das rührt Antoine. Er hat sich seinen Vater immer als selbstsicher vorgestellt und nun, dank einer kleinen, im Foto festgehaltenen Regung, schreibt er dessen Geschichte neu. Er gestattet sich Zweifel. Er würde gern um seinen Vater weinen, aber er kann es nicht. Er wird in seinem geordneten Leben nicht weinen können, nicht in diesem Pariser Bett. Er weiß, dass er fliehen muss. Er weiß, dass er das Puzzle erst durcheinander bringen muss, um die Freude genießen zu können, es in seinem eigenen Tempo wieder zusammenzusetzen.

Pépé Jacques verweigert die Nahrungsaufnahme. Die Pflegerin hat Madeleine verständigt. Er hat an Gewicht verloren. Er will keine Proben mehr abhalten, man ist besorgt. Madeleine klopft an die Tür. Er antwortet nicht. Sie tritt ein. Man kann durch ihn hindurchsehen. Er hat den weißen Heimschlafanzug an.

»Wie geht es dir, Pépé Jacques?«

»Ich möchte sterben, Madeleine.«

Sein Wunsch könnte bald in Erfüllung gehen. Madeleine hat ihn seit einer Woche nicht mehr gesehen. Seitdem hatte er nichts gegessen, und die Knochen zeichneten sich unter der Haut ab.

»Bist du traurig, Pépé Jacques?«

»Nein, ich bin total gut drauf.«

»Tut es dir leid, dass du mir das letzte Mal all diese Dinge an den Kopf geworfen hast?«

»Nein.«

»Er ist so seit dem Tod von Frau Guirec vor einer Woche«, spricht die Pflegerin über ihn, als wäre er nicht da.

»Warst du in sie verliebt? Ist es das?«, fragt Madeleine und nimmt seine Hand.

»Gar nicht, sie war eine blöde faschistische Kuh! Aber sie war Grizabella, sie war meine Barbra Streisand, und jetzt lässt sie uns hier hängen! Wir waren fast fertig! Es ist vorbei, vorbei! Es wird kein *Cats* mehr geben.«

»Es muss doch jemanden geben, der für sie einspringen kann.«

»Kennst du etwa viele Achtzigjährige, die *Memory* singen können?«

»Was ist mit dir?«

»Das ist eine Frauenrolle! Und außerdem bin ich schon Rocky Tam Tam. Es ist aus! Am Ende werde ich gut genug gewesen sein, um für die Bee Gees als Pissoir hergehalten zu haben. Ja, das ist mein Schicksal, mir von Rockstars ins Haus pinkeln zu lassen. Dann kann ich ja gleich abkratzen!«

»Na ja, dieses Jahr singen sie wirklich ziemlich schräg«, nahm die Pflegerin ihren Gedankengang wieder auf, als redete sie über eine Promotionsfeier an der Universität.

Madeleine glaubt fest an eine Lösung. Sie nimmt alles in die Hand. Sie fühlt sich stark und hat nicht vor, Pépé Jacques sterben zu lassen.

Als sie noch klein war, spielten die anderen Kinder nicht mit ihr, aber Pépé Jacques hatte immer ein nettes Wort für sie, eine freundliche Geste. Er faltete für sie Papierhühner, die sie in der Pause gegen Fruchtdrops und Karamellbonbons eintauschte.

»Und wie wäre es, wenn wir in einem anderen Altersheim ein Casting machen?«

Die Pflegerin verzog das Gesicht.

»Ich weiß nicht, ob die Hausordnung so was gestattet«, sagte sie. »Man stelle sich nur vor, die Frau stirbt bei uns, die Versicherungen würden uns sicher ein paar unbequeme Fragen stellen.«

Pépé Jacques hat schließlich versprochen, ein paar knusprige Crêpe-Röllchen zu essen, wenn sie Ersatz für seine Barbra Streisand fänden.

Madeleine ist völlig geschafft. Sie hat sich ein knappes Dutzend junger Achtzigjähriger angeschaut, die für eine Rolle in *Cats* wirklich alles getan hätten. Sie bekam Anrufe von den fünfzigjährigen Kindern der Kandidatinnen, die Geld geboten haben, sollten es ihre Mütter auf die Bühnenbretter schaffen. Schließlich hat sie sich für ihre Favoritin, Jeanne Le Ploch, geborene Bonaventure, entschieden. Dunkelhäutig und von der Hälfte der Bewohner des Heimes Bon Repos beargwöhnt. Die alte Dame mit der bemerkenswerten Stimme hat als Erstes ihre Familie auf den Kapverden angerufen, um ihnen die frohe Botschaft mitzuteilen: Sie wird in einem Musical mitspielen!

Und wieder Blumen vor der Tür. Nach einem Tag, der an die letzte Mahlzeit vor einer Beerdigung erinnerte, waren sie der krönende Abschluss. Diesmal hatte Rémi noch ein Foto von sich dazugelegt, mit dem Spruch auf der Rückseite: »Es ist noch ein Platz neben mir frei.« Es wird immer schlimmer mit ihm.

Je mehr Rémi Madeleine liebt, desto mehr denkt sie an Castellot. Sie sucht nach Häusern, die ihm gefallen könnten, für den Fall, dass er anruft. Ihre Beine sind immer rasiert. Sie ist allzeit bereit, ihn zu empfangen.

Manchmal lächelt sie über das alles. Sie weiß, dass

es töricht ist. Sie schaut Rémi nach, der sich entfernt, nachdem er einen feurigen Liebesbrief vor ihrer Tür abgelegt hat. Sie sagt sich, dass es einfacher wäre, sich der Realität zu beugen, aber es ist zu früh, dazu hat sie noch nicht den Mut. Sie lebt in einer Seifenblase, sie war noch nie richtig jung gewesen, wie sollte sie jetzt schon resignieren?

Als sie acht Jahre war und ihr Vater starb, hat sie auf ihn gewartet. Sie dachte, er müsse bald heimkommen. Man hatte ihr wohl gesagt, dass er tot war, aber er war schon oft so betrunken gewesen, dass er sich nicht mehr bewegte, und ist doch wieder zu sich gekommen, nachdem er seinen Rausch ausgeschlafen hatte.

»Es hat keinen Sinn, auf ihn zu warten, Madeleine. Er ist tot«, hat ihre Mutter gesagt und versucht, sie ins Bett zu bringen.

Madeleine rührte sich nicht vom Fleck. Sie hat sich ans Treppengeländer geklammert. Sie wartete. Am nächsten Morgen wachte sie am Fuße der Treppe auf. Ihre Mutter sagte ihr, sie solle sich beeilen. Sie hat ihr gute Sachen zum Anziehen gegeben, wie zur Kommunion ihrer Cousine. Und ihre Mutter, die sonst nur lebhafte Farben trug, hat etwas Schwarzes angezogen. Eine Tante hatte die beiden abgeholt. Sie fuhren in die Kirche, um sich lauter langweilige Sachen anzuhören. Madeleine muss wohl sehr hübsch ausgesehen haben, weil alle Großen sie mit nett lächelnden Gesichtern angeschaut haben. Sie sagte sich, Papa musste wohl doch ziemlich tot sein, weil er nicht hier, bei der ganzen Familie war. Zum Glück sprach der Priester sehr viel über ihn. Danach sind sie zum Friedhof gegangen. Pépé Jacques hat ihr ein Papierhuhn geschenkt und ihren Kopf gestreichelt.

»Du kannst immer zu deinem Pépé Jacques kommen. Das weißt du, oder?«

Dann zog eine große Kiste an ihr vorbei, getragen von zwei Männern, die sie nicht kannte, und von zwei ihrer Onkel.

»Was ist in dieser Kiste?«, hat Madeleine gefragt.

Da ihr niemand antwortete, fragte sie lauter, dann noch lauter.

Ihre Mutter hat sich zu ihr hinuntergebeugt: »Papa. Papa ist in dieser Kiste.«

So bekam Madeleine den Tod erklärt.

Es ist zwanzig Uhr. Die Nachrichtenmelodie ertönt zusammen mit der Türglocke. Sie denkt an den Tod ihres Vaters, weil das erste Bild den Sarg eines Staatsmannes zeigt. Alle Särge erinnern sie an ihren Vater. Alle Keksverpackungen, die sie aufreißt, um ihren Inhalt zu verschlingen, erinnern sie an Särge. Madeleine öffnet die Tür. Sie hofft, dass es nicht Rémi ist …

Castellot steht auf der untersten Treppenstufe. Er schaut sie an. Sie senkt den Blick. Sie wagt nicht zu lächeln. Eine vage Bewegung von Madeleines Körper bedeutet ihm, einzutreten, er tut es. Castellot stellt seinen Koffer im Eingang ab. Er lässt seinen Blick schweifen.

Ihr Hals ist zugeschnürt, sie sagt leise:

»Ich wollte gerade während der Nachrichten zu Abend essen … Soll ich einen zweiten Teller decken?«

Sein schwaches Lächeln gibt ihr die Antwort, und er setzt sich auf das Sofa. Madeleine zittert, sie weiß nicht mehr, was zu tun ist. Wo ist die Küche? Wo ist ihr Verstand? Sie schwankt. Castellot ist da, vor dem Fernseher, in ihrem Wohnzimmer.

Im Fernseher sind die Leute unzufrieden, und man hat Verständnis dafür, bei allem, was so passiert. Stellen Sie sich nur mal vor … Ganz zu schweigen von … Aber das hier, das geht zu weit … Und dabei ist das noch schlimmer. Ja, das mag wohl sein.

Castellot guckt Nachrichten, um den Rest nicht sehen zu müssen. Dazu sind Augen gut, um geschlossen zu sein oder abgelenkt.

Sie stellt die Teller auf den Tisch. Vor der Wettervorhersage kommt Werbung. Madeleine geht auf die Knie. Sie nimmt Castellots Glied in den Mund. Es ist wie ein Kuss. Es ist eine Geste der Liebe, die weit keuscher ist als ein Kuss. Seine Lippen, das wagt sie nicht, sie weiß nicht, ob sie das darf. Er würde vor Rührung weinen, wenn er weinen könnte. Sie weiß nichts über Antoine, aber er wurde noch nie so sehr geliebt. Mit dem Kommen und Gehen ihres Mundes, mit ihrem Speichel, bedankt sie sich bei ihm.

Es spielt keine Rolle, ob sie gegessen haben oder ob es morgen schön sein wird und was sie sich im Fernsehen anschauen. Ohne ein Wort legen sich Castellot und Madeleine Seite an Seite ins Bett, ohne eine liebevolle Berührung, ohne ein Wort. Ohne ein Wort … Sie weiß nicht, ob sie schläft. Sie lebt ihren Traum, da kann man auf Schlaf verzichten. Sie wagt nicht, ihn zu berühren. Ihr Magen krampft sich zusammen, wenn sie Castellot zufällig streift. Sie hat Angst, er könnte davonfliegen, oder die Augen aufmachen, und dann würde sie einen anderen Mann sehen, einen Betrüger. Sie hat Angst, dass es hell wird, Angst, dass es zu dunkel ist. Sie schaut prüfend zum Himmel. Sie sieht ihr Zimmer mit anderen Augen, es ist lächerlich. Dieser Stuhl da, aus dem Stroh und Holzsplitter herausschauen. Hoffentlich tut er sich morgen nicht daran weh. Sie betrachtet die feuchten Flecken an der Decke. Sie betrachtet ihre eigenen Füße und den Körper, an dem sie befestigt sind, endlich sieht sie sich richtig. Castellot ist erschöpft. Es ist, als wäre er am Ende eines langen Weges, am Ende seines Lebens. Und dabei ist er noch jung. Madeleine beobachtet ihn, ohne es zu wagen, ihn wirklich anzusehen. Ihre Lider sind geschlossen, und doch hat sie Angst, er könnte ihren verliebten Blick durch die zwei kleinen Hautstücke fühlen. Er ist keine fünfzig. Einige graue Strähnen haben sich unter seine schwarzen Haare gemischt. Seine Augenbrauen sind dicht. Sein Kinn eckig, er ist ein Mann, der entscheidet.

In seinem schmalen Gesicht entdeckt man dennoch den Rest der runden Kinderwangen, die Frauen dazu bringen, sich in ihn zu verlieben. Er ist ein Mann, er ist ein Kind. Er hat den dunklen Haarschopf eines starken Mannes und blaue Augen, die so viel versprechen. Sein Atem geht tief. Wie der eines Neugeborenen. Madeleine hat Angst, er könnte sterben. Sie wacht über ihn, sie bemuttert ihn. Es ist etwas in ihr, das jetzt überläuft, sie legt sich schlafen im Bewusstsein der Kraft, die in ihr ist, besorgt, sie könnte verschwinden.

Der nächste Tag ist da. Madeleine steigt eine Etage tiefer, um zu duschen. Castellot schläft immer noch. Sie zieht sich an, wagt kaum zu atmen. Castellot schläft immer noch. Sie geht ans Bett, schaut ihn an, wendet sich zum Gehen. Castellots Hand legt sich auf ihre Schulter, gerade als sie die Tür aufmachen will. Er ist noch nicht richtig wach. Er drückt ihren Oberkörper nach vorn, zieht ihre Strumpfhose runter und dringt heftig in sie ein. Er kommt und lässt sie mit gebeugtem Kopf vor der Tür stehen. Während sie sich noch abwischt, hat er sich schon wieder schlafen gelegt. Nein, es ist nicht schmutzig. Es ist stark. Es ist weit jenseits der Worte, des Stolzes, des Respekts, jenseits von allem »was man tut«. Die ersten drei Tage schläft Castellot sehr viel. Wie ein Baby in den Armen seiner Mutter. Als ob er nie zuvor geschlafen hätte. Er wacht auf und ist trunken von einer Begierde, die er nicht kontrollieren kann. Animalisch. Er denkt noch nicht einmal daran, zu gefallen. Er befriedigt sich geräuschlos. Madeleine lässt ihm Essen da. Er isst. Er trinkt aus der Flasche, die am Bett steht. Er weiß nicht einmal, wann er die Treppen rauf und runter geht. Er ist halb tot, halb lebendig, ein Genesender.

Im Büro denkt sie nur an ihn. Wird er bei ihrer Rückkehr noch da sein? Das Telefon klingelt. Als sie drangeht, wird aufgelegt. Sie denkt, dass er es ist und sich nicht traut, ihr auf Wiedersehen zu sagen.

Jeden Tag bangt sie, erfindet Ausreden, um früher gehen zu können. Es ist Freitag Abend. Madeleine denkt, dass er sicher zum Wochenende zu seiner Frau zurück will, dass er sie verlassen wird. Sie würde gern noch ein Wort von ihm hören, noch nicht einmal ein Wort der Liebe, einfach nur ein Wort. Sie weiß, dass alles in sich zusammenfallen wird, von einem Augenblick auf den anderen. Sie hat Krämpfe im Unterleib. Er fehlt ihr. Sie muss zu ihm, ihn zurückhalten, ihn sehen. Sie packt ihre Sachen. Zu Herrn Kerguikou sagt sie, dass sie noch eine Besichtigung hat. Es gäbe Interessenten für das große blaue Haus. Er will sie begleiten, weil er über Rémi sprechen will. Madeleine antwortet, es sei nicht nötig.

»Es ist immer nötig, wenn ich bei einem Verkaufsgespräch dabei bin.«

»Natürlich, Herr Kerguikou.«

Natürlich, wenn man Käufer an der Hand hat, denkt sie, nicht, wenn man sich etwas früher verdrücken will.

Sie fahren zu dem blauen Haus. Sie weiß, dass niemand dort auf sie warten wird, dass Kerguikou sich aufregen wird, dass sie einen Anruf mit imaginären Leuten fingieren wird.

»Woher kommen die Leute?«

»Aus Belgien ... das heißt, es sind eigentlich Holländer, leben aber in Belgien.« Es schien ihr angebracht, einige Details zu erfinden. »Haben ein Vermögen mit Tischdecken und Bettwäsche gemacht.«

»Bettwäsche ist gut, ein sehr solides Geschäft!«

Madeleine lächelt, angenervt. Hauptsache, sie warten nicht allzu lang und Kerguikou beschließt so bald wie möglich, sich vom Acker zu machen, die Leute zu verfluchen, die ihnen ihre Zeit stehlen, und ihr zu sagen, dass sie heimfahren könne. Sie fahren am aufgewühlten Meer entlang. Es wird sicher bald regnen.

»Haben Sie wieder etwas von Rémi gehört, Madeleine? Wissen Sie, dass er sehr unglücklich ist?«

»Ich weiß, Herr Kerguikou. Aber er wird schon noch jemanden finden, er ist ein guter Junge.«

»Er will Sie, und er wird Sie bekommen. Er ist ein Kerguikou.«

Sie fahren schweigend weiter. Madeleine macht ein bisschen leise Musik. Es ist ein Stück von den Bee Gees. Das Haus kommt näher. Sie parken davor. Kerguikou ärgert sich ein wenig über Madeleine. Glaubt sie vielleicht, dass sie etwas Besseres als Rémi finden wird? Kerguikou seziert sie. Na gut, sie hat schöne Augen und große weiße Brüste. Genau in dem Augenblick begreift er, dass sie begehrenswert ist.

»Jetzt sind wir ganz schön angeschmiert!«, sagt er zu Madeleine, nachdem sie eine Viertelstunde gewartet haben und der Regen gerade eingesetzt hat. »Rufen Sie sie an, wir wollen mal hören, ob sie noch kommen.«

Madeleine hat ihren Terminkalender herausgeholt und so getan, als würde sie eine Nummer wählen, hat eine Weile mit dem Handy am Ohr gewartet und dann gesagt, dass keiner drangeht. Herr Kerguikou sagte: »Nachricht hinterlassen!«

»Guten Tag, hier ist Madeleine von der Immobilienagentur Kerguikou View. Ich warte hier, wie besprochen, vor dem Haus. Es ist nach der Abfahrt von der Landstraße die zweite Straße links in einen Waldweg hinein. Ein großes blaues Haus, Sie können es nicht verfehlen. Bis gleich, hoffe ich.«

»Alles Idioten, diese Belgier«, schlussfolgerte Herr Kerguikou, ein Mann mit Spürsinn für differenzierte Urteile: Die Schwarzen sind Idioten, so wie die Belgier und die Schweizer, die auch noch langsam sind. Die Juden schmieden Komplotte. Die Araber machen alles kaputt. Und die Bretonen haben runde Hüte und sind schwer in Ordnung. Ein heftiger Regen hat eingesetzt. Es ist bei Kerguikou View zwar nicht üblich, aber der

Chef hat nun beschlossen, vor den Interessenten ins Haus zu gehen. Die potenziellen Käufer sollen das Haus betreten, als seien sie schon die Eigentümer, deswegen lässt Herr Kerguikou ihnen immer den Vortritt.

In der Ferne läuft eine vierköpfige Familie auf sie zu, auf der Suche nach Schutz vor dem strömenden Regen.

»Na endlich, das werden sie sein«, sagt Kerguikou.

Sogar Madeleine glaubt es den Bruchteil einer Sekunde, bevor sie sich klarmacht, dass es »sie« nicht gibt, dass sie bloß gelogen hatte, um schneller bei Castellot zu sein, dass es keinen vereinbarten Besichtigungstermin gibt.

Castellot schaut hinaus in den Regen. Er denkt nicht. Alles strengt ihn an, alles macht ihn müde. Er rührt sich nicht von seinem Platz auf dem Sofa. Er zappt. Er trinkt Cola light. Er schläft ein wenig, oft.

Die Familie kommt näher.

»Da sind Sie ja!«, ruft Herr Kerguikou. »Kommen Sie wegen der Besichtigung? Ich bin Herr Kerguikou von der Immobilienagentur Kerguikou View, sehr angenehm.«

Der Vater hat ihm die Hand gereicht. Madeleine verstand das Lächeln der Leute. Das fehlte mir noch, irgendwelche Idioten, die den Regenschauer im Trockenen abwarten wollen. Der Sohn muss an die siebzehn sein. Eine pickelige Bohnenstange. Er beugt sich unter der Last seiner Sorglosigkeit in den Wind. Das

Mädchen ist ohne Alter, sie ist geistig zurückgeblieben. Sie hüpft im Haus herum, grapscht nach der Hand von Madeleine. Kerguikou bedeutet ihr mitzumachen, es könnte verkaufsfördernd sein.

»Mit Ihnen hatte ich also gesprochen?«, fragt Madeleine.

Der Vater nickt. Kerguikou will mit der Besichtigung anfangen.

»Gibt's hier nicht irgendwas zu trinken? Um sich von innen aufzuwärmen?«, fragt die Mutter.

Kerguikou gibt Madeleine ein Zeichen mit dem Kinn, mit den Erklärungen anzufangen. Das Mädchen hat feuchte Hände und einen sehr festen Druck. Madeleine erzählt, dass das Haus seit längerem unbewohnt ist, es gehörte einer Großmutter, die Erben haben noch keinen Fuß hineingesetzt. Kerguikou sucht inzwischen in den Schränken und findet einen strammen vierzigprozentigen Verdauungsschnaps, Birne, aber keine Gläser. Die Familie trinkt aus der Flasche. Jeder ein bisschen.

»Die Kleine auch?«, fragt Kerguikou.

Das geistig behinderte Mädchen trinkt den Alkohol wie Wasser. Die Eltern lassen es zu, als ob sie davon ausgingen, dass sie sich auf die eine oder andere Art sowieso umbringen würde. Madeleine schreitet ein. Sie ergreift die Flasche und sagt, es sei genug. Das Mädchen verzieht das Gesicht, lässt aber schließlich die Flasche los. Die Besichtigung beginnt. Madeleine möchte die

Hochstapler entlarven, die klebrige Hand der Kleinen loslassen, die nicht aufhört, sie zu umklammern.

»Gibt es eine Möglichkeit, hier zu übernachten? Um die Schwingungen des Hauses aufzunehmen?«, fragt die Mutter.

»Ich denke, nicht«, sagt Madeleine sofort.

»Wir werden uns erkundigen … Warum nicht? Schließlich ist das Haus unbewohnt. Aber es ist nicht sehr sauber …«, meint Herr Kerguikou.

»Das macht nichts, Putzen ist mein Job. Das kriege ich in null Komma nichts hin«, sagt die Mutter munter, ihre Rolle der holländischen Belgierin vergessend.

»Aber … Verzeihen Sie mir … Wie wollen Sie die Mittel aufbringen, dieses Haus zu kaufen, wenn … Was tut denn der Herr beruflich?«, fragt Kerguikou alarmiert.

Er steckt tief in der Scheiße, denkt Madeleine, genau das tut er. Und sie vielleicht auch, sie muss so tun, als würde sie gerade erst zusammen mit ihrem Chef den Betrug entdecken.

»Die Stimme, die ich am Telefon hatte, klang anders«, sagt Madeleine zu Kerguikou.

»Haben Sie tatsächlich ein Treffen mit meiner Mitarbeiterin vereinbart?«, fragt Herr Kerguikou angespannt.

Jetzt gräbt das Mädchen ihre Fingernägel tief in Madeleines Hand, die sie zurückzuziehen versucht, aber das Kind hat eine unglaubliche Kraft. Sie wissen nun, das sie entlarvt sind. Der Vater fängt an, nervös an seiner Hose herumzutasten. Er wird gleich eine Kanone rausholen, denkt Madeleine, und ich werde sterben, bevor ich Castellot sagen konnte, dass ich ihn liebe. Das Gesicht der Mutter verzieht sich zu einer Grimasse und erschreckt die Kleine, die Madeleine loslässt. Herr Kerguikou hat schon sein Handy gezückt, um die Polizei zu verständigen.

Das Mädchen versucht, Madeleine im Gesicht zu kratzen. Madeleine flüchtet ins Wohnzimmer, während Kerguikou nach einem Netz sucht, um seinen Freund bei der Polizei anzurufen. Madeleine läuft, versteckt sich hinter den Sesseln.

»Da hinten ist sie!«, schreit die Mutter und zeigt auf Madeleine mit dem Finger.

Zur gleichen Zeit lässt sich Frau Castellot mit dem Kommissariat verbinden. Sie hat seit zwei Wochen nichts mehr von ihrem Mann gehört. Das ist ungewöhnlich. Für die Polizei ist es noch zu früh, um ihn als vermisst zu melden. Sie machen ihr fröhlich klar, dass es da vielleicht jemand anderen in seinem Leben geben könnte. Sie solle die Bank kontaktieren, falls sie ein gemeinsames Konto besitzen, und sich die letzten Bewegungen seiner Bankkarte angucken. Sie tut es. Aber er hat sein Flugticket bar bezahlt. Nichts. Keine Spur. Er hat sich zwischen dem Haus und seinem ersten Termin in Luft aufgelöst. Den Kindern sagt sie noch nichts. Offiziell ist er zu einer dringenden Geschäftsreise aufgebrochen. Aber sie lässt ihre Beziehungen spielen, sagt, wer sie ist. Noch am selben Abend hängen in jedem Kommissariat Fotos und Phantombilder von Antoine. Antoines Frau ist eine vernünftige Frau, die ihre Gefühle nie zu hoch kochen lässt. Sie hat den Verhaltenskodex ihres Milieus akzeptiert, sie sieht den Ausgang eventueller Rebellionen immer schon voraus. Einmal war sie sehr in einen Mann verliebt, der sie mit ihren beiden Kindern zu sich genommen hätte. Es fraß sie auf, es war verlockend, aber sie hatte die Wahl getroffen, nicht zu wählen. Nicht aus dem Rahmen zu fallen. Sie hat sich gedacht, dass die Liebe eines Tages vorbei sein würde, dass es kompliziert werden würde, sie müsste mit Tränen rechnen, ihre Wahl rechtfertigen, sich eines Tages Vorwürfe von ihren Kindern anhören müssen. Sie will nicht aus dem Rahmen fallen. Sie ist ein kleines Mädchen, das in ihrem Malbuch die richtigen Farben an die richtigen Stellen setzt, und sie hatte immer gedacht, Antoine sei genauso wie sie. Sie geht trotzdem zum Friseur. Mit einer schlechten Frisur herumzulaufen wird ihn ihr auch nicht zurückbringen.

Das zurückgebliebene Kind zieht Madeleine jetzt an den Haaren. Es gibt Geschrei. Viel Geschrei. Alle schreien irgendwas. Kerguikou hat seine Frau verständigt, die bald mit der Polizei eintreffen wird. Der Vater versucht in dem herrschenden Chaos unauffällig einen

Kupferstich zu klauen. Kerguikou hockt auf dem Esszimmertisch mit einer Suppenkelle in der Hand und verpasst der Kleinen Schläge auf den Kopf, wenn sie vorbeiflitzt. Der Sohn hat sich mit seinem Walkman in aller Seelenruhe in eine Ecke verzogen, als würde er gerade eine völlig alltägliche Situation miterleben. Madeleine ist seit ihrem Sportunterricht auf dem Gymnasium noch nie so viel gelaufen. Sie will nicht entstellt nach Hause kommen, für den Fall, dass Castellot noch da ist.

Es dauert eine kleine Ewigkeit. Die junge Behinderte beruhigt sich nicht. Sie zerlegt das Haus. Ihre Mutter raucht eine Zigarette und schaufelt wie besessen Nippes vom Kaminsims in ihre Tasche. Zum Glück ist Kerguikou eine lokale Berühmtheit. Die Polizei ist schon da. Im Auto schnappt Madeleine schwer nach Luft. Sie steht unter Schock. Frau Kerguikou fällt ihrem Mann in die Arme. »Zum Glück war ich mitgekommen«, sagt Herr Kerguikou, sehr stolz auf sich.

Auf der Polizeiwache erstatten sie Anzeige. Über dem Kopf des Polizeibeamten hängt ein Phantombild von Castellot. Madeleine ist sich sicher, dass er es ist. Da ist auch ein Foto von ihm, ein Stück weiter. Während ihrer Aussage kann sie die Augen nicht von ihm lassen.

Als Madeleine noch klein war und in Südfrankreich lebte, gab es vor ihrem Haus eine Wiese mit gelben Blumen. Diese Blumen liebte sie ganz besonders, denn sie öffneten ihre Blüten bei Tagesanbruch und schlossen sie allmählich wieder, wenn das Tageslicht abnahm, als würden sie schlafen gehen. Madeleine nannte sie ihre kleinen »Traumblumen«. Eines Tages waren sie ihrem Stiefvater ein Dorn im Auge, und er beschloss, sie abzumähen. Madeleine ging auf die Barrikaden. Man tötet keine Blumen, die schlafen können, das zeigt doch, dass sie eine Seele haben, vielleicht träumen sie sogar! Sie stellte sich auf die Wiese vor den Traktor und versicherte ihrem Stiefvater, dass er ihre Traumblumen erst über ihre Leiche mähen dürfte. Sie blieb mitten auf der Wiese wie ein Holzpflock stehen. Der Stiefvater gab Gas und hielt auf sie zu, sie schaffte es gerade so eben, zur Seite zu springen. Das hat ihr die Erkenntnis eingebracht, dass niemand sich wirklich etwas aus ihr machte, denn ihre Mutter hat den Stiefvater machen lassen. Sie begriff auch, dass ihr das eigene Leben wichtiger war als ihre Überzeugungen. Deshalb hat sie sich, als sie Castellots Bild unter den vermissten Personen an der Wand sah, zunächst erkundigt, ob er auch niemanden getötet hatte.

Madeleine ist nur eine dicke verliebte Bretonin, sie ist nicht Bonnie.

Niemals wird Madeleine seinen Vornamen erfahren. Sie traut sich nicht, ihn danach zu fragen. Auf der Wache hängt nur das Phantombild, kein Name dabei. Niemals wird sie »Antoine« sagen können. Castellot, ihr kleines Kastell, das ist alles, was ihr bleiben wird.

Antoine Castellots Frau spricht über ihren Mann in ganz Paris. Sie wird häufig eingeladen. Jeder hat seine eigene Hypothese. Antoines bester Freund hat neulich ein wenig ihre Brust gestreift, sozusagen zum Trost. Einige glauben, dass die Gattin von Antoine Castellot um ihr Bankkonto und die Lebensversicherungen besorgt ist, denn, ohne Leiche keine Kohle. In Wirklichkeit macht sie sich Sorgen, es könnte ihm etwas zugestoßen sein, und mehr noch, er könnte eine andere lieben. Sie würde ihn lieber tot im Leichenschauhaus sehen als in den Armen einer anderen Frau.

Als Madeleine auf dem Kommissariat fertig ist, ist es spät. Frau Kerguikou hat hundert Mal wiederholt: »Das hat es noch nie bei Kerguikou View gegeben, noch nie.«

»Wenn Sie jemanden wie Rémi in Ihrem Leben hätten, wäre er jetzt zu Hause und würde auf Sie warten«, sagte Kerguikou zu ihr mit Stolz in der Stimme. »Denken Sie darüber nach.«

Castellot ist nicht gegangen. Er schläft auf dem Sofa. Er dreht Madeleine den Rücken zu. Sie traut sich nicht, den Fernseher anzumachen. Sie setzt sich auf den wenigen Platz, der noch bleibt. Dann nimmt sie eine Decke und deckt Castellot damit zu. Als sie den Kopf hebt, sieht sie hinter der Scheibe das Gesicht von Rémi im strömenden Regen. Es ist nass. Es ist so viel Schmerz darin, dass es fast schön ist. Er hält Madeleines Blick stand, dann geht er. Ohne jemanden dahinter scheint das Fenster tot zu sein.

Castellot atmet tief. Sie beugt sich ein wenig über ihn, wagt aber nicht, ihren Busen gegen seinen Rücken zu drücken. Es ist ein intensives Gefühl. Da ist etwas wie ein Kraftfeld, wie Spannung zwischen ihren Körpern, die einander nicht berühren, es ist Luft, die schwer wiegt.

Die Kirche ist an der Straßenecke. Madeleine liebt es, an ihr vorbeizugehen. Sie betritt sie nur selten. Sie hofft nichts. Das Leben folgt seinem Lauf, das ist alles. Gott kann nichts dafür, denkt Madeleine.

»Mein Vater, ich möchte die Beichte ablegen. Mein Vater, sind Sie da?«

»Einen Moment noch, meine Tochter, ich sende nur schnell eine SMS, und dann bin ich bei Ihnen. So. Erzählen Sie.«

»Ich weiß nicht, wo ich anfangen soll.«

»Bei dem, was Sie plagt, meine Tochter.«

Es ist Castellots Glied, das mich plagt, denkt sie.

»Ich lebe mit einem Mann zusammen, aber wir sind nicht verheiratet.«

»Aber das ist doch ein guter Anfang. Dann können wir uns über eine baldige Verbindung freuen, meine Tochter.«

»Nein, mein Vater. Er ist schon verheiratet.«

»Aber was ist denn mit seiner Frau?«

»Ich weiß es nicht. Er spricht nicht über sie. Im Übrigen spricht er nie, er schläft nur mit mir.«

Frau Castellot ist verlassen worden. So ist es halt. An diesem Morgen, allein in ihrem Bett, gesteht sie es sich ein, es tut weh, ihr ist sterbenselend. Sie hofft, dass er tot ist, sie hofft, dass er gelitten hat, sie hofft, dass er eine gute Entschuldigung hat. Sie holt tief Luft, aber es ändert nichts. Sie hat in den paar Wochen viel zugenommen. In dem Bauch, der immer dicker wird, hat sie die Angst, das Danach, die Erinnerungen an das Gewesene eingeschlossen. Es tut ihr leid, dass sie es nicht verstanden hat, mit ihm zu reden, ihm zuzuhören. Leid, bei der Beerdigung seines Vaters nicht geweint zu haben. Es tut ihr leid, ihn nicht mehr richtig zu lieben, seine Macken zu hassen. Es zugelassen zu haben, dass der Widerwille zu häufig den Platz der zärtlichen Nachsicht eingenommen hat. Seine Angewohnheit, während des Essens mit dem Zahnstocher zwischen den Zähnen herumzudoktern und dann das hinter dem Backenzahn Herausgefischte noch einmal zu kauen. Die Wasserspülung, die er nie betätigt. Seine Angewohnheit, in Gegenwart einfacher Leute einfach zu sprechen und links zu wählen. Alles das hat sich vor seine Augen und seinen Körper geschoben. Wann ist es dazu gekommen? Sie weiß es nicht. Können sich die Augen noch einmal durchsetzen? Bestimmt. Sie hofft es. Wenn sie sich die Zeit nimmt, wieder seine Hand zu halten, wenn es sie nicht mehr anödet. Wenn er sie als eine Frau sieht, die ihm entgleitet, und nicht als ein Objekt unter vielen, mit denen sein Haus vollgestopft ist. Wenn er den hektischen Lauf der Zeit für sie anhält, für sie beide … Ist dieser Lauf für eine andere stehen geblieben? Ist er vielleicht in Gefahr? Hat er sich vielleicht umgebracht? Was soll sie ihren Kindern sagen?

Castellot denkt, dass sie es sicher sehr gut meistern wird. Sie kriegt alles sehr gut hin. Die Einrichtung ihrer Häuser, die großen Abendessen, die Garderobe, das Kofferpacken. Er hat das unbeholfene Mädchen von einst vergessen, das er so anrührend fand, dass er es gegen den Willen ihrer Eltern geheiratet hatte. Sie war ein Mädchen aus guter, aber verarmter libanesischer Familie. Antoine ist der Sohn eines Neureichen. Sein Vater Gilbert hatte eine Methode entwickelt, wie man Crêpes unter einer Spezialfolie sehr lange haltbar machen konnte. In zehn Jahren ist er weltweit zum Crêpes-König aufgestiegen, sein Sohn hat seinen Abschluss an einer Elite-Uni gemacht, und man hat vergessen, dass der Vater am Ende der Ferien den Kaninchen das Fell über die Ohren gezogen hatte. Er war ein »großer Herr« geworden. Geld verhilft zu Ansehen. Aus dem Schweigen der Reichen wird Tiefgründigkeit.

Antoine ging nach Paris. Er sah seinen Vater nur noch einmal im Jahr. Er schämte sich ein wenig für ihn, aber er hatte sein Vermögen mit dem seines Vaters gemacht, also musste er mit ihm ausgehen, ihn ins Theater ausführen, später dann zu seinen Ehren Abendessen mit bekannten Persönlichkeiten organisieren. Antoine hatte einmal ernsthaft überlegt, einen Doppelgänger zu engagieren, um sich nicht der Lächerlichkeit preisgeben zu müssen, aber wenn der Schwindel aufgeflogen wäre, hätte es ihn Millionen gekostet.

Madeleine kommt Hals über Kopf aus dem Büro nach Hause gerannt. Sie hat Angst, er könnte verschwunden sein. Castellot ist immer noch da. Madeleine bückt sich, sie knöpft seinen Hosenschlitz auf, aber er schiebt ihr Gesicht weg, wie einen Hund, der ihn beißen wollte. Er tut ihr weh. Madeleine denkt, dass es ihn erregt, also bückt sie sich wieder, aber er stößt sie noch brutaler von sich. Er steht langsam auf und nimmt seinen Mantel. Ohne einen Blick.

»Wo gehst du hin?«

Ohne ein Wort.

»Antworte mir wenigstens.«

Castellot öffnet die Tür.

»Was geht in deinem Kopf vor? Was willst du denn? Du sagst nichts? Du sagst nie etwas!«

Ohne eine Träne.

In diesem Moment hasst sie ihn. Sie weint nicht, sie würde ihm am liebsten ins Gesicht spucken. Er demütigt sie, er verachtet sie. Sie weiß es. Madeleine weiß nicht mehr, ob sie die Nacht im Stehen oder im Sitzen verbracht hat, ob sie es ist, die die Bodenfliese in der

Diele kaputt gemacht hat. Sie glaubt nicht, dass sie geschlafen hat, sie ist zwischen den Welten.

Es ist schon hell, als Castellot am nächsten Tag nach Hause kommt. Er ist in Brest herumgefahren. Die Straßen sahen alle gleich aus. Eine aufsteigend, eine andere absteigend. Alles grau in grau, Hortensien in kleinen Vorgärten großer Häuser. Kleine Geschäfte. Dahineilende Menschen. Wenig Autos. Kneipen, die nach kaltem Tabak riechen. Castellot findet nicht, was er sucht. Nicht ein kleines bisschen Blau. Nichts außer dem Blau seiner Augen und denen Madeleines, die durch seinen Kopf wandern, die aufsteigen und wieder absteigen, wieder und wieder, wie die Straßen. Castellot hat sich verirrt. Es macht ihn frei, nirgendwo zu sein, es ist, als wäre er ein bisschen tot. Er kehrt im Morgengrauen zurück. Er ist durchgefroren. Er sieht anders aus. Er ist nicht schön. Sein Bart hat einen Stich ins Rote. Er mag sein Morgengesicht nicht.

»Ich wollte ans Meer, aber ich hab es nicht gefunden.«

Madeleine nimmt ihren Mantel. Sie fahren bis zu der Landspitze von Saint-Mathieu.

Castellot geht nicht neben ihr. Er ist immer ein Stück zurück, zurückgezogen in seiner Welt. Er erinnert sich noch sehr gut an ihre ersten Besichtigungen. Er fragt sie, ob die Häuser inzwischen verkauft sind. Sie spricht über die Kaninchen. Sie fragt nach dem Warum, er antwortet ihr, dass er sich gern vorstellt, sie würden sich von Hunden fressen lassen, die es leid sind, Trockenfutter zu mampfen. Madeleine weiß, dass es in Castellot auch Gutes gibt, nur dass er es nicht zeigen will. Er spielt den harten Kerl. Er hat die Pariser Luft geatmet, er ist auf dieser Welle der Bosheit mitgeschwommen, die clever macht, der Überheblichkeit, die reich macht. Sie weiß, dass Castellot es nicht erträgt, ein nettes Wort zu hören, eine zärtliche Geste zu akzeptieren, die etwas anderes bedeuten könnte als Sex. Er sagt, dass er sich an alles erinnert, an jenen ersten Tag und an alle folgenden. Er gesteht ihr auch, dass er da ist, weil er nicht über alles entscheiden kann, weil es das Leben gibt, das Rätsel der Schritte, die man gegen seinen eigenen Willen macht. Er sagt ihr geradeheraus, dass er keine Lust hat, da zu sein, aber auch keine Lust, woanders zu sein. Er sagt ihr, dass er sie braucht.

Ein Mann im Taucheranzug geht ins Wasser und steigt auf sein Surfbrett, das Segel, das sich im Wind aufbläht, zieht ihn weit fort.

»Eines Tages wirst du schwimmen können, Madeleine. Eines Tages wirst du dich ins Wasser werfen und fertig. Zuerst wie ein Hund, Kopf über Wasser, aber dann wird es mehr. Dein Selbstvertrauen wird mehr. Die Lust. Schau dir das Meer an. Hast du keine Lust drauf?«

Doch. Aber sie hatte mehr Angst als Lust. Sie tat einen Schritt auf ihn zu. Es war ihm unangenehm, sie fühlte seinen stockenden Atem. Sie gingen zurück zum Auto, zusammen, wie ein Paar.

Castellot ist elegant, er hat diese Lässigkeit der Menschen, die ohne materielle Sorgen aufgewachsen sind, die Blicke seiner blauen Augen streifen Menschen und Dinge, als würde ihnen schon alles gehören. Und es gehört ihnen alles, weil sie nicht daran zweifeln. Er setzt sich auf den Beifahrersitz, Madeleine kutschiert ihn wie einen Genesenden nach Hause zurück. Castellot fällt wieder in sein Schweigen zurück. Er nimmt wieder seinen Platz auf dem Sofa ein. Madeleine würde sich wünschen, dass er ihren Kopf streichelte, dass er sie beschützte. Würde ein Einbrecher mit einem Schürhaken kommen, Castellot würde ohne eine Regung zuschauen, wie er Madeleine den Schädel zertrümmerte. Aber es wird ihr nichts geschehen. Dafür ist Castellot zu beeindruckend. Sie übertrifft sich beim Kochen, aber er isst kaum. Seitdem er da ist, hat er sehr abgenommen. Für sie wird es Zeit zur Arbeit und zu den Kerguikous zu gehen. Sie hält nach wie vor die Arbeitszeiten ein, wie ein Automat. Sie tut so, als gäbe es nichts Besonderes. Diese Geschichte geht nur Madeleine und Castellot etwas an. Niemand weiß davon. Es ist so, als gäbe es nichts Besonderes. Madeleine will noch einmal am Meer entlangfahren. Gibt es da vielleicht etwas, was ihr entgeht? Versteht sie die Welt vielleicht nicht richtig? Castellots Stimme hallt in ihrem armen Schädel wider: »Eines Tages wirst du schwimmen können, Madeleine.« Ohne zu wissen wie ihr geschieht, hat sie schon die Schuhe ausgezogen und ist ans Wasser gegangen. Bestimmt hat sie die Wagentür offen gelassen. Madeleine steht das Meer bis zu den Oberschenkeln. Wellen klatschten gegen ihren Slip. Ihr Rock hat sich um ihre Beine gewickelt. Sie sieht aus wie Presswurst. Sie weint. Sie heult, das arme Ding. Die Leute hätten was zum Lachen. Gar nicht hübsch, unter diesem Himmel über Brest. Sie hat nichts von einer Heldin an sich. Nichts von einer liebenswerten Frau. Sie hat nichts außer ihrem Kummer, so groß wie ein Mühlstein. Keine Nachricht für die Flaschenpost. Noch nicht einmal eine Flasche. Nur Glasscherben, durch Salz und Wasser glattpoliert. Altes Glas, das sie nicht einmal schneiden wird. Glasstücke, die Kinder für Schätze halten und die noch lange nach ihnen in den abgelegenen Ecken schmutziger Strände überdauern werden.

»Eines Tages wirst du schwimmen können, Madeleine. Eines Tages wirst du dich ins Wasser werfen und fertig. Zuerst wie ein Hund, Kopf über Wasser, aber dann wird es mehr. Dein Selbstvertrauen wird mehr. Die Lust. Schau dir das Meer an. Hast du keine Lust drauf?«

Die Bretagne ist eine Landschaft, die herausfordert und höhnt. Eine unerbittliche Landschaft. Sogar das Meer ist wütend auf sie und peitscht ihre Felsen, schlägt fest auf sie ein. Aber die Bretagne hält stand, sie war immer schon da, sie wird immer standhalten, unbeeindruckt. Immer den gleichen salzigen Geruch in der Luft, den Duft der Unendlichkeit. Grenzenlose Möglichkeiten, Rausch der Freiheit. Und doch ist hier alles verschlossen. Es ist Mittagszeit und doch ist es dunkel. Gestern früh war es ebenso. Die Sonne schien und doch war es verdammt dunkel. Es ist finster, es ist unerträglich. Man ist gefangen in dieser Landschaft, in dieser verdammt unsterblichen Landschaft. Und überhaupt, wie kann er sie begehren? Wie soll sie sich vergessen können? Vergessen, dass es unmöglich ist? Dass er in sie eindringt, wie man in totes Fleisch sticht? Dass er sie in etwa so will, wie man die blutverschmierte Schürze eines Metzgerjungen begehrt?

Wenn Castellot Madeleine umarmt, versöhnt er sich mit seinem Vater. Er sagt ihm, siehst du, Papa, ich habe mich nicht für dich geschämt. Siehst du, ich begehre eine einfache Frau, eine Bretonin, jemanden aus deiner Welt. Als Gilbert Castellot angefangen hatte, viel Geld zu verdienen, hat er sich als Erstes einen Sportwagen gekauft. Antoine war damals acht Jahre alt. Sein Vater nahm ihn zu seinen Spritztouren mit. Antoine durfte hinter den Mädchen herhupen. Antoine las gern *Pif Gadget*, ein kommunistisches Comic-Heft mit Krimskrams zum Spielen. Sein Vater kaufte es ihm auch dann noch, als er schon zu Geld gekommen war. In einer wirklich netten Ausgabe hatte Antoine Castellot Aufkleber gefunden, die er sofort auf das schöne Auto seines Vaters klebte, um ihm eine Freude zu machen. Als Gilbert Castellot die Bescherung sah, hat er sich nur mit Mühe zurückhalten können, nicht aufzuschreien. Er sah in Antoines lächelndes Gesicht, dem es nicht bewusst war, dass er eine große Dummheit begangen haben könnte. Und dann hat er sie drangelassen, ohne Scham. Um Antoine eine Freude zu machen.

Später hatte Gilbert seinem Sohn und dessen Familie viele Geschenke gemacht. Scheußliche Krawatten. Bretonische Müslischalen mit den Vornamen der Familienmitglieder. Parfüm für die Gattin. Fischernetze. Nichts, was Leuten mit Geschmack, Leuten aus einem bestimmten Milieu genehm sein konnte. Antoine hätte sich durchsetzen sollen, hätte aus den Schalen essen sollen, statt es zuzulassen, dass seine Frau sie zu Futternäpfen für ihren Labrador umfunktionierte.

In die Immobilienagentur war ein Australier gekommen. Er hatte einen Schnurrbart und eine piepsige Stimme. Madeleine hat an den Bee Gee gedacht. Kann man überhaupt ein Bee Gee sein, oder ist man einer der Bee Gees? Egal, jedenfalls war ihr dieser hier suspekt, und als er Herrn Kerguikou auch noch nach der Anzahl der Bäder und der TOILETTEN in einem bestimmten Haus fragte, hat sie die Ohren gespitzt. Vielleicht war ja Pépé Jacques doch nicht komplett gaga. Aber dann hat ihr Kerguikou gesagt, dass der Herr gar nicht im Showbusiness war, sondern Zahnarzt. Madeleine war sehr enttäuscht.

An diesem Nachmittag führt sie Interessenten durch

dasselbe Haus, in dem Castellot zum ersten Mal mit ihr geschlafen hatte. Es gibt keine Kinder, keinen Hund. Die Besucher scheinen sehr angetan. Madeleine stellt für sich fest, dass sie es nicht verkaufen möchte. Sie möchte, dass es ihr Heiligtum bleibt. Dieser Ort, das Haus von ihr und Castellot, darf nicht von anderen bewohnt werden. Sie gehen fort, sie dankt ihnen, dann geht sie zurück ins Haus und legt sich aufs Bett. Sie schläft eine Stunde. Seitdem Castellot bei ihr wohnt, bekommt sie nur wenig Schlaf.

Am selben Abend gibt es in der Agentur einen kleinen Umtrunk, denn Herr Kerguikou hat einen Leuchtturm an einen taiwanesischen, etwas verrückten Leuchtturm-Liebhaber verkauft. Madeleine würde gern mit Castellot kommen, ihnen allen diesen Mann zeigen, der bei ihr schläft, aber sie traut sich nicht, ihn darum zu bitten. Als sie nach Hause kommt, liegt er auf dem Wohnzimmersofa und schläft. Vielleicht wird er heute Nacht vor Begierde brennend aufwachen.

Am nächsten Morgen ist Castellot nicht mehr da. Madeleine schaut aus dem Fenster. Verschwunden. Das war's, er ist weg. Ein paar Sachen sind noch da, aber es ist gut möglich, dass er nicht mehr wiederkommt. Sein Koffer ist weg. »Sein Koffer ist weg!«, würde Madeleine am liebsten herausbrüllen. Ein schrecklicher Schrei dringt ihr aus der Kehle, ein Laut, den sie bisher nicht kannte, purer Schmerz. Madeleine kann nicht hinausgehen, kann nicht zur Arbeit, kann nicht

Bescheid sagen. Sie bleibt im Haus, an die Stille geklammert, um das Geräusch seiner Schritte nicht zu verpassen, wenn er wieder zurückkommt. Der diesjährige Sommer liegt bleiern über der Bretagne. Es regnet vor Hitze. In der Bretagne gibt es kein schönes Wetter, das Einzige, was sich ändert, ist die Art des Regens. Das ist, als restaurierte man ein altes Gemälde. Der Grauschleier, der sich mit der Zeit darübergelegt hatte, verschwindet, dann kommt er wieder, wie eine Hülle auf den Farbtupfern. Die Farbe der Bretagne ist Grau. Ein schönes bläuliches Grau. Eine Farbe der Melancholie, der Vergangenheit. Wenn die Bretonen sie nicht in ihren Augen haben, haben sie sie in ihren Herzen. Alle Bretonen haben eine hübsche graue Ecke in sich. Wie eine vom Meer gepeitschte Klippe, unfähig, über längere Zeit glücklich zu sein.

Es gibt keine Huren mehr in der Rue de Siam. Nicht eine. Stimmt die überhaupt, die Geschichte mit den Huren? Es ist zu kalt. Die Huren backen Crêpes oder sind arbeitslos. Wer fickt denn hier noch? Keiner. Junge Mädchen, die zu früh geschwängert werden. Paare, die umziehen. Hatte es in der Rue de Siam wirklich Prostituierte gegeben? Man muss schon Dichter sein, um es zu schreiben, und ein Idiot, um es zu glauben. Heute sind Castellot eine verschleierte Frau und ein herumlungernder Typ über den Weg gelaufen. Nicht die Spur eines Frauendufts in der Rue de Siam. Fehlanzeige. Ein scharfer Wind, der kalt in die Wangen beißt. Ein Wind mit salzigem Beigeschmack. Wie ausgekotzte Butter.

Die Nacht fällt ein zweites Mal, wie der Vorhang im Theater. Es ist sehr dunkel. Madeleine wartet. Es ist fast Mitternacht. Castellot glaubte, eine Wahl zu haben, aber es ist noch zu früh, er klebt an diesem Schicksal, an dieser leidigen Geschichte, an diesem Haus, das Feuchtigkeit ausdünstet, an diesem Körper, der unter seinen Fingern weniger wird, an dieser Frau, die immer weniger isst, die unter seiner Last schwindet. Er ist hier ein Niemand. Er ist hier alles. Alles, was Madeleine in ihn hineindichtet. Sein Koffer wiegt tausend Leben. Das, was er gern leben würde, die vielen Leben, die er verpfuscht hat, und sein eigenes, und die Entscheidungen, die noch zu treffen sein werden. Hier hat er noch nicht einmal einen Vornamen. Antoine. Das war das Einzige, was seine Mutter für sein Leben bestimmt hat, bevor sie starb: seinen Vornamen. »Antoine«, sagte sie, wenn sie ihren Bauch streichelte, »Antoine ...« Sie war sicher, dass es ein Junge würde. Ihr kleiner Junge. Sie hatte ihn sogar beschrieben, hat ihm sein Vater erzählt. Als hätte sie ihren Sohn schon lange gekannt, als hätte sein Gesicht nur so und nicht anders werden können.

Er steht vor dem Haus. Madeleine hatte Angst gehabt, er könnte sich verlaufen haben. Oder traurig sein. Sie sagte kein Wort, als er hereinkam. Sie nahm ihm den Mantel ab und setzte sich wieder in die linke Sofaecke.

»Warst du weg?«

Natürlich war er weg, er ist gerade erst wiedergekommen. Er hat nicht geantwortet, und sie hat sich über sich selbst geärgert. Als hätte sie ihn beleidigt. Und dieses Duzen, wie hässlich das war. Die Frage war hässlich.

»Ich habe dir Tee gemacht.«

Ja, das sieht er. Sie legt die Tasse in seine Hände, und er stellt seinen Koffer ab, wieder einmal. Aber er darf ihn nicht auspacken. Er wird weggehen müssen. Bald schon. Plötzlich.

Sie hatte den ganzen Tag nicht geduscht. Sie wollte nicht, dass er kommt und sie nackt vorfindet. Sie hätte sich geschämt, als wäre er ein Fremder. Hier ist er nun, wieder zurück auf dem Sofa. Castellot, ohne Vornamen, ohne Sprache, als hätte er seine Zunge verschluckt, die Zunge, die nur dazu taugt, im Körper von Madeleine zu wühlen.

Ich kenne ihn nicht, sagt sie sich. Da ist ein Mann in meinem Wohnzimmer, der mich vögelt, den ich durchfüttere, und ich kenne ihn nicht. Ich habe Angst. Ich kann nicht unter die Dusche gehen, als wäre nichts gewesen. Auf einmal war ihr hundeelend, sie hätte am liebsten um Hilfe gerufen. Stattdessen fingen die Tränen an zu laufen, sie hielt eine leere Pfanne in der Hand. Das blaue Feuer des Gasherdes wartete ein Stück entfernt. Die Tränen stiegen ihr in die Augen, liefen über ihre dicken Wangen. »Ich liebe dich«, hat sie schniefend gesagt, ganz leise und hässlich. Und dann hat sie es noch einmal ganz leise wiederholt. »Ich liebe dich.« Castellot hat den Fernseher angemacht.

In Madeleines Straße gibt es Gespenster. Das von Mimosa, dem blauen Hund der Kergadecs, der in einer Juninacht verschwand. Das von der kleinen Baptise, die im Alter von vierzehn Jahren aus ihrem Säuferkoma nicht mehr erwachte. Eine echte Einheimische, die in die Fußstapfen ihrer Familie getreten war. Sie hatten keine Zeit gehabt, sich darüber klar zu werden, wie schön sie war. Gott, war sie schön! Für immer mit ihren schönen Vierzehn konserviert, in Alkohol eingelegt, wie ein Präparat im Glas. Dann war da noch das Gespenst von Gwanaëlle. Lebendig, aber weit weg, irgendwo zwischen Marseille und Orange. Ihr Mann wartet immer noch auf sie, zwanzig Jahre nach ihrer Flucht in die Sonne mit einem Zigeuner, schwarz wie die Nacht. Aber wenn sich das Gespenst, das Madeleine heimsuchte, blicken ließ, fand man das nicht sonderlich gut. Das war, als wollte es sich über die Straße lustig machen. In der Bretagne sollte man nicht zu viel und nicht zu wenig tun, man sollte allem seinen Gang lassen und seinen Regenhut aufsetzen. Mit welchem Recht machte sich dieses Gespenst daran zu bumsen? Zu essen? Es fehlte nur noch, dass es anfing zu reden. Das Schweigen ist normal, Madeleine. Man muss die Trübsal des anderen respektieren. Castellot, der die Trübsal in Person ist, weiß das. Castellot kann sich denken, dass seine Frau nach ihm sucht. Es ist ihm ziemlich schnurz. Er findet alles anstrengend. Er möchte weinen oder richtig schlafen, aber er kann nichts anderes, als träge zu schweigen.

Als Kind war Castellot immer der Beste. Im Internat wollte er immer die anderen ausstechen, er war wie ein Baum, der wächst und wächst und dessen Schatten die Wurzeln der kleineren erstickt. Ohne Mitleid, wie in der Natur. Er war der Beste in Mathematik, beim Aufsagen von Gedichten, beim Sport, er hatte das Oberkommando in seinem Schlafsaal, er war auch ganz vorne dabei, wenn es darum ging, Dummheiten zu machen. Er trieb alles auf die Spitze. Als sein Vater anfing, richtig Geld zu verdienen, hat er ihm ein rotes Kinderauto mit Pedalen geschenkt. Er durfte damit in die Kirche fahren, musste dafür aber jeden, der wollte, fahren lassen, darauf hatte der Schuldirektor bestanden. Castellot erinnert sich daran mit Schaudern. Die Jungs gingen damit unachtsam um, schleuderten es herum, ließen es fast vor den nächsten Baum krachen. Danach gab es die Zeit mit Mädchen aus dem benachbarten Mädchenpensionat. Castellot hatte immer schon Erfolg bei Frauen. Für ihn war es ein Sport wie jeder andere. Er hielt sich an die Regeln und punktete. Er kann sich nicht erinnern, bei seinen sportlichen Leistungen jemals Gefühle ins Spiel gebracht zu haben. Er hatte immer reichlich Auswahl unter der gerissenen Sorte Mädchen. Und je hübscher sie waren, desto besser kannten sie die Regeln und desto mehr verstanden sie es, sie zu umgehen.

Castellot hatte seine Frau während seines Wirtschaftsstudiums kennen gelernt, sie war an der Uni, um den passenden Ehemann zu finden. Sie sollte mit einem Vetter verheiratet werden, träumte aber von einem Märchenprinzen, dem Castellot mit seiner stolzen Haltung und seinen tiefen Augen ganz wunderbar Gestalt verlieh. Sie heirateten bald. Als sich das erste Kind angemeldet hatte, gab sie ihr Studium auf, so wie es sich gehört. Castellot hat einen beispielhaft erfolgreichen Studienabschluss gemacht und die strategisch richtigen Entscheidungen getroffen. Er war einer der ersten Informatik-Spezialisten. Seine Frau hatte nie Grund zur Klage, zu den Hochzeitstagen bekam sie immer etwas geschenkt, hatte Geld im Überfluss, um sich einen Liebhaber zu halten, was sie jedoch nie tat, genug Geld, um sich zu verwöhnen und ihre Schränke mit Haute-Couture-Kleidern zu füllen.

Ihre Kinder sind perfekt und langweilig. Ein paar kleine Teenager-Dummheiten, die Stoff für lustige Anekdoten bei großen Abendessen liefern. Erfolg auf der ganzen Linie. Mit den Eltern niemals tiefer gehende Gespräche.

Manchmal blickt Madeleine auf Castellot, der auf ihrem Sofa sitzt, und verachtet ihn. Durch und durch. Schon verwest, schon tot. Und dann, einen Moment lang, liebt sie ihn nicht mehr. Sie ist sauer auf ihn, weil er seinen Arsch auf ihr Sofa setzt. Weil er da ist, kaut, menschliche Geräusche macht, in ihre Toilette kackt. Dann könnte sie schreien, ihm Ausdrücke und herumliegende Sachen an den Kopf werfen, aber schon eine Sekunde später öffnet sich die Wunde wieder. Brennender, tiefer als zuvor. Und dieses Gefühl deckt alles zu. Macht alles wieder neu und rein. Madeleine hat ihre Griechenland-Reise storniert, sie hat schon eine Ruine bei sich zu Hause. Es ärgert sie, dass Castellot die ganze Zeit vor dem Fernseher hängt und sie deshalb Brandon Bradley nicht sehen kann. Sie ruft die Schneiderin an, die sie einlädt, mit ihr zusammen Fernsehen zu gucken. Madeleine hat eine Folge verpasst. Brandon hatte sich in eine Frau verliebt, die aus dem Koma erwacht ist. Sie hat ihr Gedächtnis verloren und küsst nun Brandon, obwohl sie verheiratet ist und Kinder hat.

»Ich würde auch gern mein Gedächtnis verlieren«, sagt die Schneiderin, »wenn es bedeuten würde, dass ich Brandon Bradley küssen kann. Ich wäre auch damit zufrieden, nur so zu tun, als hätte ich meinen Mann vergessen!«

Madeleine ärgert sich darüber. Sie weiß, dass Brandon Bradley vielen Frauen gefällt, aber wenn sie sich vorstellt, die Schneiderin würde ihn direkt auf den Mund küssen, wird ihr schlecht. Plötzlich fühlt sie, wie sich ein ganzer Haufen rissiger Lippen auf den Mann ihrer Träume stürzt. Sie gibt vor, etwas Dringendes vorzuhaben, dann geht sie. Sie hofft Castellot für sich allein zu haben. Manchmal würde sie ihn gern fragen: »Und deine Frau? Deine Frau, die keine Lust auf die Bretagne hat? Was ist mit ihr?«, aber sie hält sich zurück. Sie hat weder das Recht noch die Pflicht, das zu sagen. Sie ist außen vor. Sie ist die Geliebte, die Frau, vor der man kein Schamgefühl kennt. Die Frau, die man wie ein Tier bespringt und bei der man bleibt, weil sie keine Fragen stellt.

Madeleine hat ein hübsches Kleid angezogen und Lippenstift aufgetragen. Castellot sieht sie leben, um ihn herumwirbeln. Sie vergisst nicht, das Armband anzulegen, das ihr Pépe Jacques geschenkt hatte, als sie noch ein junges Mädchen war. Heute ist *Cats*.

Castellot sieht sie an, als hätte er sie noch nie zuvor gesehen. Das Leben fehlt ihm. Er ist bereit zu reden, zu lachen. Er steht auf und rasiert sich. Madeleine zieht eine Jacke über, dann macht sie die Haustür auf.

»Warte auf mich!«

»Du willst mitkommen?«

»Ich muss mal an die frische Luft.«

»Ich habe nichts Besonderes vor.«

»So wie du dich herausgeputzt hast? Triffst du dich mit einem anderen Mann?«

»In gewisser Weise …«

Castellot hat noch ein wenig Rasierschaum am Hals, den Madeleine abwischt. Sie geht vor, er lässt sich die

Wagenschlüssel geben. Er fährt, er handelt. Als Madeleine ihm den Weg erklärt, ist sie stolz. Sie passieren das Schild »Les Œillets« an der Einfahrt zum Heim. Castellot lächelt.

»Das wird nicht einfach nur ein Besuch, heute findet die Show des Jahres statt.«

Madeleine wirft die Autotür zu. Im Heim ist sie ein Star. Alle Opis schwärmen für sie. Sie ist die Nichte von dem Typen, der es den Bee Gees mal richtig gezeigt hat.

Castellot folgt ihr. Man hört Musik. Die Heimleiterin, eine quirlige Sechzigjährige, verteilt mit der Kelle Fruchtsaft in Plastikbecher.

»Möchten Sie uns den Herrn nicht vorstellen?«

»Jean-Jacques de Kergadec. Ich bin der Verlobte«, sagt Castellot.

»Sehr erfreut«, sagt die Heimleiterin und wackelt aufgeregt mit dem Hintern.

Madeleine amüsiert sich. Sie ist glücklich, sie stellt sich vor, sie und Castellot könnten ein richtiges Paar sein. Als sie ein Stück weiter sind, fragt Madeleine, ob Jean-Jacques de Kergadec sein richtiger Name sei. Castellot schüttelt den Kopf, verrät ihr aber nicht seinen Vornamen. Der Mann, der er ist, hat hier nichts verloren. Hier ist er der Mann, der vielleicht aus ihm geworden wäre, wäre er dem Schicksal nicht entronnen, das ihm sein Vater vorhergesagt hatte.

»Ist doch schön für deinen Großvater, wenn er

glaubt, du seiest mit einem noblen Bretonen verlobt, oder?«

»Es ist schön für mich zu glauben, ich sei mit einem noblen Bretonen verlobt«, antwortet Madeleine, die sich schön und selbstbewusst fühlt. Schließlich lebt dieser Mann bei ihr schon einige Monate lang. Er schläft mit ihr.

Pépé Jacques ist in seinem Morgenmantel zu ihnen gestoßen, sein Bühnenkostüm ist darunter verborgen, aber der Katzenschwanz guckt ein wenig hervor.

»Du kommst in Begleitung, wie ich sehe. Glaubst du, heute ist der richtige Zeitpunkt?«

»Du hast es selbst so gewollt, Pépé Jacques, hast du es schon vergessen?«

Er drückt Castellots Hand so fest, wie es ihm sein Alter erlaubt.

»Hast du Lampenfieber, Pépé?«

»Die Negerin, die du für mich gefunden hast, ist wirklich nicht übel.«

»Sprich nicht so, Pépé.«

»Man muss das Kind beim Namen nennen und eine Katze eine Katze, vor allem, wenn man *Cats* spielt.« Er lacht.

»Setzen Sie sich woanders hin. Diese Stühle sind für meine Gäste reserviert.«

Das Publikum nimmt allmählich Platz. Der Garten ist vollgestellt mit Plastikstühlen. Es sind Enkelkinder da, die sich die Show des Jahres unter der Mitwirkung ihrer Großeltern anschauen wollen. Man kann schon die Bühnendekoration bewundern. Es ist ein kunterbunter Müllplatz, auf dem sich die Katzen tummeln werden. Die Heimleiterin verteilt Erfrischungen. Die Pflegerinnen sind in Zivil, tragen aber Namensschilder auf der Brust, damit die Familienmitglieder mit ihnen über die »Fortschritte« ihrer Angehörigen diskutieren können.

Die Heimleiterin springt herum wie ein aufgeregter Floh, klatscht energisch in die Hände: »Ich bitte um Ihre Aufmerksamkeit! Die Vorstellung wird in Kürze beginnen! Nehmen Sie bitte Ihre Plätze ein! Es geht gleich los!«

Die Show beginnt. Man kann nicht behaupten, die Geschichte sei besonders ausgefeilt. Es ist eine Aneinanderreihung von Szenen mit Katzen, die über ihr Leben und ihre Schicksale erzählen. Und hier kommt Grizabella, die schöne schwarze Jeanne, von Madeleine ausgesucht, die ihr ein Lächeln zuwirft, bevor sie *Memory* anstimmt. Das Katzenkostüm, das einer verstorbenen alten Dürren auf den Leib geschneidert worden war, sitzt bei ihr ein wenig stramm. Man hat es im Rücken mit Stoffstücken verbreitern müssen, die Nähte sind deutlich zu sehen. Grizabella singt über ihre verwelkte Schönheit und über die vergehende Zeit. Old Deuteronomy kommt und holt sie ins Katzenparadies.

Es ist irgendwas zwischen lächerlich und erschütternd. Auftritt von Pépé Jacques, er singt und swingt, ein bisschen falsch, aber sympathisch. Er hat einen Hut aufgesetzt und präsentiert eine kleine Stepptanznummer. Er denkt bei sich, die Bee Gees müssen sich warm anziehen.

Madeleine klatscht im Takt, und Castellot lächelt. Die Leute sind glücklich, die Videokameras laufen auf Hochtouren. Der Katzenchor macht Doo Wap und führt die kleine Choreografie aus, die Jacques entwickelt hat. Die Stimmen klingen ein bisschen zitterig, manchen Katzen fällt die Bewegung schwer, aber der Gesamteindruck ist bewegend. Einer der Kater fällt hin, eine Pflegerin springt auf, aber er rappelt sich hoch und tanzt weiter, unter den gestrengen Blicken von Jacques: »Stirb gefälligst später, Jean-Claude!«, raunzt er ihn an.

Das Finale verklingt. Die Gebisse strahlen vor Stolz.

Bravo! Bravo! Das Publikum jubelt im Stehen.

Die erschöpften Alten in ihren zusammengeschusterten Katzenkostümen mischen sich unters Publikum und lassen sich von ihren Familien feiern. Madeleine und Castellot gratulieren Pépé Jacques. Er ist nicht zufrieden.

»Die haben den ganzen Text versaubeutelt, diese Idioten ... Immerhin sind das Gedichte von T. S. Elliot, ehrlich mal ...«

Madeleine geht ganz dicht neben Castellot, ihre Körper berühren sich flüchtig. Sie stellt sich vor, sie würden Hand in Hand gehen. Sie tut so als ob. Sie drückt seine imaginäre Hand ganz fest in ihrer.

Castellot hat seine Sonnenbrille immer noch auf. Er setzt sich ins Auto neben Madeleine, sie schauen einander an, dann prusten sie los und lachen aus vollem Hals. Es ist ein befreiendes wildes Lachen, richtig wohltuend. Madeleine lässt den Motor an.

»Hast du Lust auf ein Eis?«

Er antwortet nicht. Madeleine deutet das als ein Nein, fährt aber trotzdem zu einem kleinen Hafen. Es wimmelt nur so von Menschen. Darunter viele Urlauber, mit Kindern auf den Schultern und nicht angeleinten hinterhertrottenden Hunden.

Er bestellt für sich Zitroneneis, Madeleine nimmt Erdbeere und Brombeere. Castellot sieht lebendig aus. Er schaut Madeleine an.

»Ich war hier in der Gegend oft mit meinem Vater zusammen. Wir gingen in ein Eiscafé, das es heute nicht mehr gibt. Es war ein Italiener, bei dem es riesengroße Hörnchen gab. Mein Vater mochte es, wenn die Sahne sich so richtig darauf häufte, er wollte immer, dass unser Eis das größte von allen war. Auch dann schon, als er noch kein Geld hatte. Er ließ sich bunte Streusel, Schokoladensoße und kleine Papierschirmchen geben. Meine Mutter ist bei meiner Geburt gestorben. Zu Hause gab es keinen, der sich um uns hätte kümmern können, also wurden wir ins Internat geschickt. Wir haben unseren Vater nur selten gesehen. Im Sommer, in der Eissaison … Meine Schwester hatte sehr früh geheiratet, mit sechzehn. Einen Typen aus der Gegend, der Surfbretter machte, und dann sind sie nach Australien ausgewandert. Es hört sich vielleicht komisch an, aber ich habe noch nicht einmal ihre Adresse. Am Anfang haben wir uns noch angerufen, dann haben wir uns geschrieben, dann immer seltener. Eines Tages sagte sie, sie würde umziehen und mir dann ihre neue Adresse zukommen lassen, aber sie hat es nie getan. Vielleicht hat sie meine bei ihrem Umzug verloren, ich weiß es nicht. Aber es ist mir noch nicht einmal besonders wichtig. Ich werde versuchen, sie wiederzufinden, um ihr zu sagen, dass unser Vater verstorben ist, und sei es nur wegen des Erbes … Aber ich glaube sowieso, dass es ihr egal wäre. Sie lebt da wie ein Hippie. In der Sonne … Mein Vater ist zu Geld gekommen, als ich ungefähr zehn Jahre alt war. Ich habe das Internat gewechselt, die Schuluniform. Meine Freunde. Ich habe den Tonfall geändert, sogar die Stimme. Ich weiß noch, wie ich mir eines Tages sagte, ich hätte die Stimme eines Reichen … Ja, ich habe mir alles bei anderen abgeschaut. Ich beobachtete, wie man sich beim Essen benimmt, und kopierte es. Ich las die richtigen Bücher, ich sah die richtigen Filme, das reichte aus, um täuschend echt zu wirken … Dann habe ich selbst gutes Geld verdient. Ich habe eine Frau geheiratet, die keine Ahnung davon hat, was es heißt, Mangel zu haben. Sie hat alles, sie hat so viel, dass sie manchmal gar nichts mehr hat. Und wenn mein Vater zu Besuch war, fühlte ich mich unwohl. Es war, als wäre ich entlarvt, als würde alles, was spießig an mir war, durch ihn ans Tageslicht kommen. Er hielt das Messer in der falschen Hand, hatte keine Essmanieren, trug Cordanzüge … Er verstand es nie, nach außen hin zu zeigen, wie viel er besaß. Als ich noch klein war, kaufte er mir immer das größte Eis der Welt … Er kaufte mir das allergrößte Eis der Welt, und ich habe mich für ihn geschämt. Nun ist er tot, und es tut mir leid. Eis, das ist für mich mein Vater, das sind Sommerferien …«

Madeleine ist kurz aufgestanden. Sie war froh, die ganze Zeit gewartet zu haben, die Castellot brauchte, bis er endlich anfing zu reden. Sie hat heimlich ein riesengroßes Eis voll Schlagsahne bestellt und es ihm bringen lassen. Um ihn nicht zu stören, hat sie in einer Ecke gewartet bis er es aufgegessen hatte, dann kam sie wieder an den Tisch.

»Gehen wir?«

Es geschieht in Madeleines Haus. Der moderige Geruch hat sich nach dem diesjährigen heißen Sommer verzogen. Castellot nimmt Madeleines Gesicht in seine Hände. Er schaut ihr lange in die Augen, dann küsst er sie. Es ist ein Liebeskuss, ein Abschiedskuss. Langsam verbinden sich ihre Lippen, lösen sich voneinander und kommen dann wieder zusammen, wie magnetisch angezogen. Dann nimmt er sie in den Arm, zärtlich. Wenn er bloß um seinen Vater weinen könnte. Wenn diese Frau ihm bloß helfen könnte. Madeleine weiß nicht, was sie tun soll. Auf einmal begehrt sie Castellot nicht mehr, verspürt nur einen Anflug von Güte, von Mitleid.

Der August verabschiedet sich langsam, nicht aber die Sonne, die noch kräftig scheint. Madeleine kneift die Augen zusammen, sie hat ihre Sonnenbrille vergessen. Sie kommt gerade von einer morgendlichen Besichtigung. Ihre Kunden wollen das Haus kaufen, das sie ihnen gezeigt hat. Sie werden sich gleich mit Herrn Kerguikou wegen des Vertrages zusammensetzen. Und Madeleine hat den Rest des Tages frei. Frei, Castellot wiederzusehen. Sie lächelt. Die Fensterscheibe ihres Autos ist heruntergelassen, ein leichter Windhauch streichelt ihr Gesicht. Sie fährt die Küste entlang. Es sind noch ein paar Urlauber da, die bis Mitte September bleiben werden.

»Eines Tages wirst du schwimmen können, Madeleine. Eines Tages wirst du dich ins Wasser werfen und fertig. Zuerst wie ein Hund, Kopf über Wasser, aber dann wird es mehr. Dein Selbstvertrauen wird mehr. Die Lust. Schau dir das Meer an. Hast du keine Lust drauf?«

Ja, heute Morgen hat sie Lust. Sie ist allein, aber sie fühlt sich gut. Sie hat um ihrer selbst willen Lust, sie muss es nicht einmal sagen. Sie hat Lust zu leben. Sie stellt den Wagen ab, dann geht sie die Stufen hinunter, die zum Strand führen, die Schuhe in der Hand. Als sie ihren Schatten im Sand sieht, sagt sie sich, dass sie abgenommen hat. Es ist noch sehr früh. Der Segelclub macht gerade auf. Ein Junge, noch ein Teenager, hat soeben die Masten gesetzt und eine Tafel aufgestellt, auf der zu lesen ist: »Heute: Katamaran-Tag.« Er sieht zu Madeleine hinüber, die am Strand hin- und herspaziert.

»Möchten Sie einmal Katamaran fahren?«, ruft er ihr zu.

Madeleine kommt näher.

»Das Problem ist … Na ja, ich kann nicht besonders gut schwimmen. Eigentlich gar nicht.«

»Das ist kein Problem«, sagt er und holt eine orange Rettungsweste vom Haken herunter. »Ich bin Loïc. Wenn ich dabei bin, brauchen Sie keine Angst zu haben. Versuchen wir's?«

Madeleine lässt es zu, dass er ihr die Weste über ihr T-Shirt zieht. Ihre Handtasche legt sie in eine Ecke der Strandhütte, die zum Segelclub gehört. Schon zieht Loïc einen Hobie Cat ins Wasser. Madeleine weiß, dass es gleich losgeht, aber sie bleibt ruhig. Sie denkt, dass dieser Tag anders ist als sonst, dass von nun an alles anders wird.

Die Wellen umspielen ihre Füße, plätschern sanft. Dann erreicht das Wasser ihre Shorts, die in der Taille ein wenig zu eng sitzen.

»Man sieht selten einen Wal Katamaran fahren«, sagt sie, um Loïc zu bedeuten, dass sie sich nicht gerade hübsch findet und er ruhig über sie lachen kann.

»Sie sollten nicht so über sich sprechen«, weist er sie streng zurecht.

Tränen schießen ihr in die Augen. Es ist das erste Mal, dass man sie gegen sich selbst verteidigt. Sie hat Lust, Loïc zu ohrfeigen, ihn auch zu küssen. Zu spät. Er reicht ihr die Hand, sie klettert an Bord.

»Sie werden sehen, bald schon werden Sie nicht darauf verzichten wollen. Tun Sie bitte genau das, was ich Ihnen sage, und haben Sie keine Angst. Diese Boote sind so konstruiert, dass man auf ihnen fast im freien Stand dahintreiben kann.«

Wie die Boote in dem Kinderlied, denkt Madeleine: *Mama, die kleinen Boote, die übers Wasser ziehen, haben die Beine?* Es geht los, der Wind treibt sie fort. Madeleine hat Angst, aber sie fühlt sich gut. Sie hat Vertrauen zu Loïc. Er sieht wie ein Typ aus, dem nichts zustoßen kann, der mit Hochgenuss Biogemüse isst, der eine Klassenkameradin heiratet und sein Treueversprechen hält.

»Sind wir nicht ein bisschen schnell?«

»Machen Sie sich bereit!«, schreit Loïc, halb vergnügt, halb seiner Lehrerrolle verpflichtet.

Plötzlich bäumt sich der Katamaran auf und Loïcs Kopf fliegt nach hinten. Madeleine ist fast in der Senkrechten.

»Lehnen Sie sich zurück! Haben Sie keine Angst!«

Wie soll man da keine Angst haben, fragt sich Madeleine. Es reicht nicht, es zu wollen. Ich habe Angst, so ist es nun mal. Ich habe Angst, immer nur Angst.

»Es kann nichts schiefgehen!«, beruhigt er sie.

Und es stimmte. Sie hatte nichts zu verlieren, aber alles zu gewinnen. Der von Salz schwere Wind kratzte in ihrem Gesicht wie die Küsse eines Mannes. Die Sonne streichelte sie. Das Fahrgeräusch des Bootes wirkte beruhigend. Sie lächelte, als sie ihre Uhr sterben sah; sie war nicht wasserdicht. Die Zeit spielte keine Rolle mehr. Und ihre Angst sank wie ein Stein auf den Meeresgrund. Bis ganz nach unten. Und dort hat sie sie auch gelassen. Loïc wendete, und der Katamaran kippte zur anderen Seite, so wie der Gesichtsausdruck von Madeleine. Von ängstlich zu lustvoll.

Sie liegt jetzt auf dem Wasser. Die Wellen wogen unter ihrem Rücken. Ihre Haare sind ins Meerwasser getaucht, zum ersten Mal in ihrem Leben. Madeleine ist glücklich. Sie könnte vor Vergnügen jauchzen. Sie fängt wieder an zu leben. Sie hat Lust zu reden, Castellot zu sagen, dass sie ihn liebt, dass sie ihn heiraten möchte, dass sie Kinder möchte.

Der Strand kommt näher, Madeleine springt kurz entschlossen ins Wasser. Es ist kalt. Madeleine strampelt mit den Beinen. Die Rettungsweste steigt ihr bis zum Hals. Sie lacht, sie schwimmt an Land. Zuerst wie ein Hund, dann ein bisschen besser.

Sie wirft ihre Rettungsweste von sich. Sie schreit: »Danke, danke!« Loïc findet sie sehr sympathisch, er schreit ihr nach, sie müsse unbedingt wiederkommen.

Madeleine fährt rasant los. Sie sagt »Ich liebe dich!« in allen Schattierungen und Variationen. Ein lautes, schüchternes, ehrliches, schelmisches »Ich liebe dich!«. Sie sagt es, sie schreit es. Sie will wissen, wie er mit Vornamen heißt. Sie will seine Hand. Sie möchte mit ihm zusammenleben, jetzt, da sie weiß, wie sich das anfühlt. Sie fährt schnell. Über einer Klippe verliert sie fast die Kontrolle über den Wagen. Das Meer ist auf einmal entfesselt, wie der Körper von Madeleine. Aber schon entfernt sie sich von der Küste auf der Landstraße in Richtung Brest.

Madeleine parkt quer ein. Sie schließt das Auto nicht ab. Sie läuft zu ihm.

»Castellot!« Es erscheint ihr lächerlich, ihn bei diesem idiotischen Nachnamen zu rufen: »Komm her, komm, ich liebe dich, ich bin geschwommen! Castellot!«

Sie läuft die erste Treppe hoch, dann die zweite. Bestimmt schläft er. Aber das Bett ist leer, genauso wie der Kleiderschrank.

»Castellot?«

Im Taxi, das ihn zum Flughafen von Brest-Guipavas bringt, weint Antoine Castellot. Er beweint den Tod seines Vaters, seine Frau, die er verlernt hat zu lieben, und den Schatten, den er bei Madeleine zurückgelassen hat. Er weiß, dass er nie mehr nach Brest kommen wird. Er weiß, dass ein Teil von ihm, ein kleines Stück dieses Schattens bei den Abendessen, bei seinen geschäftlichen Terminen, in der vergehenden Zeit immer im Hintergrund dabei sein wird.

Madeleines Auto fährt zum Flughafen, nicht besonders schnell. Sie weiß, so ist es halt. Dass Männer wie Castellot Frauen wie sie nicht lieben können. Dass er ihr etwas geschenkt hat, dass sie frei ist, aber frei ohne ihn. Sie fährt hin, um ihn ein letztes Mal zu sehen, ein Zeichen von ihm, eine Geste. Es ist zu spät. Die Passagiere sind an Bord gegangen.

Es ist eine lächelnde Frau, die das Flugzeug wegfliegen sieht. Madeleine hat ihr Gesicht gegen die Fensterscheibe gepresst, sie legt ihre Hände um die Augen und drückt sie gegen die Scheibe, und endlich kann sie weit sehen. Sie hofft ihn dazu bewegen zu können, sich zu ihr umzudrehen. Er ist schon im Flugzeug. Ihre Liebe. Ihre große Liebe. Sie weiß, dass er nicht wiederkommen wird, aber sie möchte ihm danke sagen, also flüstert sie es, und Castellot hört es, irgendwo in seinem Innern, als das Flugzeug abhebt.

Noch lange Zeit danach hat Madeleine sich bewusst erinnern müssen zu atmen, es ging nicht mehr von selbst. Es war seltsam anzusehen. Wenn sie sich auf etwas konzentrierte, kam es vor, dass sie etwa vierzig Sekunden lang die Luft anhielt, dann kam die plötzliche Atemnot, also riss sie ihren Mund weit auf und sog die Luft ein. Davon wurde ihr schwindelig, so als wäre sie plötzlich aufgestanden.

Nachts schlief sie schlecht, sie hatte Angst zu ersticken. Die Erstickungsanfälle kamen in periodischen Abständen, als wollte sie sich selbst verbieten, zu atmen und zu leben. Sie sagte sich, dass es Asthma sein könnte und dass diese weißen Inhaliergeräte, die man sich in den Mund stecken kann, vielleicht helfen könnten, aber sie ging nie zum Arzt oder sonst wo hin. Sie hatte Angst, es könnte sie einschränken. Und außerdem hatte sie niemanden, der sie dazu hätte zwingen können oder sie wenigstens bedauern.

Es kam nicht von selbst, das Leben. Aber sie zwang sich, sie biss sich durch, sie klaubte alle Schicksalsenden zusammen, die von anderen achtlos liegen gelassen wurden. Es war ihr egal, dass es wehtat, sie wollte leben. Sie nahm alles in sich auf: vergessene Verabredungen, gemeine Selbstmörder, Unfälle an der nächsten Straßenecke, Polizeikontrollen, zerrissene Annoncen und Pornohefte. Sie verschlang alles, was man ihr vorsetzte, sie nahm, was andere wegwarfen. Als wäre sie dem Tod nur knapp entronnen. Sie lernte Gedichte auswendig, sie verschlang jeden Mauerstein mit Blicken, sie kannte Straßennamen, als wären es ihre Freunde. Sie wollte jeden Tag ein wenig mehr, wieder Farbe auf ihren Wangen, andere Körper in ihrem. Sie wollte ein kleines Stückchen Magie spüren, zwischen ihren Lippen und denen der Männer. Ein kleines Stückchen Magie, das sie festhielt, dann noch eins und wieder eins, wenn das erste verbraucht war. Ein Jahr später hat sie Rémi wiedergesehen. Er lief die Straße entlang. Mit hochgeschlagenem Mantelkragen. Sie fand ihn rührend. Sie hat ihm die Hand auf die Schulter gelegt, er hat sich zu ihr umgedreht und gelächelt.

Es war viel Zeit vergangen seit damals. Er hatte andere Frauen gehabt. Er war fest mit einer von ihnen liiert, mit einer Französischlehrerin. Man müsste sich mal wieder zu Karaoke verabreden und *Madeleine* singen, hatten sie zusammen gelacht, und dann hatte er sie auf dem Bürgersteig zurückgelassen.

Castellots Gesicht ließ immer mehr Raum übrig. Es war immer noch schön, aber weit weg. Madeleine hatte schließlich das Haus verkauft, in dem sie ihr erstes Mal hatten. Diesen Sommer wurde in der Bretagne eine Jahrhunderthitze erwartet. Die Dinge sahen so aus, als könnten sie sich ändern.

September. Das Wetter ist nicht besonders gut, es regnet nicht, das ist schon mal was. Die Kerguikous sind alle da. Madeleine ist nun eine von ihnen. Sie hat gerade im Rathaus von Brest Rémi Kerguikou geehelicht. Sie trägt ein weißes Kostüm mit marineblauen Paspeln. Sie sieht elegant aus. Es gibt keine kirchliche Hochzeit. Zu viel Tamtam. Herr Kerguikou, von Beruf Immobilienmakler, ist sehr zufrieden. Die Dinge sind so, wie sie sein sollen, das heißt, wie er sie sich vorstellt. Madeleine lächelt leicht. Sie wird in der Stille ihres Hauses nie mehr allein sein.

Rémis Mutter sitzt in ihrem Rollstuhl und gibt Madeleine zu verstehen, dass sie sie hasst. In ihren Gesten, ihren Blicken ist reines Gift. Sie ist schwarz gekleidet, nachdem sie lange überlegt hatte, ob sie etwas Weißes anziehen sollte. Aber dann hat sie sich gesagt, dass man sie in ihrem Rollstuhl wohl schwerlich mit der Braut verwechseln konnte, also war es besser, ihrer Trauer Ausdruck zu verleihen. Madeleine stiehlt ihr den Sohn. Rémi lacht die ganze Zeit, sein Mund geht gar nicht mehr zu. Er hat sich eine Digitalkamera gekauft und fotografiert alles und jedes. Er hat sich einen schicken Schlips umgebunden und trägt einen beigefarbenen Anzug. Es war Herr Kerguikou, der für sie das perfekte Haus gefunden hat, ein schönes neues Haus mit einem kleinen Garten, nur für sie allein. Pépé Jacques ist nicht gekommen. Er war gegen diese Verbindung, er hätte sich gewünscht, dass Madeleine nun, da man ihm den Hintern abwischen musste, bei ihm leben würde. Er will keine Altenpflegerin, er braucht Madeleine, um ihm die Pantoffeln anzuziehen, um seine Suppe zu kochen, um mit dem hinterhältigen Bee Gee zu kämpfen. Er findet sie zu alt zum Heiraten. Alle zusammenrücken. Ja, genau so. Jetzt kommt das Vögelchen. Und wieder ein Foto auf einem verfluchten Kaminsims. Eines Tages wird das Haus zum Verkauf stehen. Eines Tages wird Madeleine an Krebs sterben und Rémi wird ihre Hand halten. Sie wird an Castellot denken, der durch ihr Leben gegangen war wie man durch einen Korridor geht. Man sieht jemanden und im nächsten Augenblick nicht mehr. Für einen kleinen flüchtigen Augenblick reibt man seine Haut an der eines anderen. Und das war's. Castellot hat nie existiert. Eines Tages wird Madeleine nach einer Besichtigung ins Büro kommen, und ihre Sekretärin wird ihr mitteilen, dass ein gewisser Antoine für sie angerufen hat.

»Antoine? Ich kenne keinen Antoine.«

Die Originalausgabe erschien 2007 unter dem Titel
Madeleine bei Éditions Stock, Paris.

Die Liedzeilen auf den Seiten 87–91 sind Auszüge aus dem Chanson
Madeleine, Text von Jacques Brel, Musik von Jacques Brel,
Jean Corti und Gérard Jouannest.

FSC
Mix
Produktgruppe aus vorbildlich
bewirtschafteten Wäldern und
anderen kontrollierten Herkünften

Zert.-Nr. GFA-COC-1223
www.fsc.org
© 1996 Forest Stewardship Council

Verlagsgruppe Random House FSC-DEU-0100
Das für dieses Buch verwendete
FSC-zertifizierte Papier *Munken Print*
liefert Arctic Paper Munkedals AB, Schweden.

1. Auflage
Deutsche Erstveröffentlichung

Satz: Greiner & Reichel, Köln
Druck und Einband: CPI – Clausen & Bosse, Leck
Printed in Germany
ISBN 978-3-630-62137-1

www.luchterhand-literaturverlag.de